杨俊明

著

秀容撷翠

翼堂程志宏书

山西出版传媒集团

·太原·

北岳文艺出版社

图书在版编目（CIP）数据

秀容撷翠 / 杨俊明著 . 一太原 : 北岳文艺出版社，
2021.7

ISBN 978-7-5378-6385-8

Ⅰ . ①秀… Ⅱ . ①杨… Ⅲ . ①诗词－作品集－中国－
当代 Ⅳ . ① I227

中国版本图书馆 CIP 数据核字（2021）第 052792 号

书 名：秀容撷翠	选题策划：刘卫红	装帧设计：石剑辉
著 者：杨俊明	责任编辑：刘晓京	印装监制：郭 勇

出版发行：山西出版传媒集团·北岳文艺出版社

地址：山西省太原市并州南路 57 号 邮编：030012

电话：0351-5628696（发行部） 0351-5628688（总编室）

传真：0351-5628680

印刷装订：山西润金容印业有限公司

开本：787mm×1092mm 1/32

字数：208 千字

印张：8.625

版次：2021 年 7 月第 1 版

印次：2021 年 7 月山西第 1 次印刷

书号：ISBN 978-7-5378-6385-8

定价：49.80 元

盛世风华　曲尽其妙

——写在老同学杨俊明诗集《秀容撷翠》付梓之际

乔全生

2019年秋天，在山西大学举行的中文系七六级甲班同学毕业四十周年聚会上，老同学杨俊明与我谈起，他的诗集《秀容撷翠》即将付梓并邀我写序。我觉得有资格作序的人应该是师长辈或同行的名人，我们是老同学，故未敢应允。今年又到秋天，老同学又催。古谚云："恭敬不如从命，受训莫如从顺"，只好应命。我想，老同学选我作序，可能是出于我是我们班至今唯一一个还在母校任教的考虑吧。

拜读了老同学的诗词赋以后，我感到既非常高兴又十分惊异，高兴自不多言。惊异的是，几十年来，我这个校园里的守望者，只关注着这位老同学在忻州市公证处主政，整天忙于公务；只知道世界著名的佛教圣地——五台山当年申报自然与文化双重遗产时，巨量的公证工程就出自他的大手笔；只瞩目老同学的书法越来越雄健洒脱，笔走如流水，落笔如行云。我不曾想到他在从政的同时还有时间、精力写这么多的诗。

看着这些诗作不免使我想起诗人与从仕的关系。看看历史上的大诗人，哪个不是从仕或从过仕的？从仕的官吏哪个没给后人留下脍炙人口的诗篇。李白曾任绵州府昌隆县小吏，后任江南西道采访处置使幕府参谋，协调各个部门的工作，官阶至少相当于处级以上。杜甫曾任右卫率府胄曹参军，后任成都剑南节度府参谋、检校工部员外郎，负责工程建设相关工作，官阶至少也相当于处级以上。李贺曾任奉礼郎，虽品秩较低，也是从九品，相当于科级。白居易官职较高，由秘书省校书郎升至刑部侍郎、河南尹、刑部尚书，相当于河南省省长、司法部部长。杜牧曾担任过池州、睦州刺史、中书舍人等职，至少相当于正局级。王维曾担任过吏部郎中、给事中、中书舍人等职，其官职也相当于正局级或副部级。高适、贺知章、韩愈任礼部尚书，相当于正部级。刘禹锡曾担任远州刺史、和州刺史等，相当于县市长级别。李商隐曾担任弘农县尉，相当于副县级。范仲淹、欧阳修均任过参知政事，类似于国务院高级行政官员级别。辛弃疾任知州、知府，也相当于市长。孟浩然一生求仕不得，未曾做官，成为唐代著名的山水田园派诗人，像这样没有做过官，但有名诗流传至今的诗人，我虽未做过统计，可能比较少。《唐诗三百首》共选入唐代诗人七十七位，选诗最多的四位诗人杜甫、李白、王维、李商隐，李商隐的官最小，也是副县级。由此可看出诗人与从仕之间密切的关系。

当然，与今不同的是，唐人作诗还有诗赋取士、考取功名的需要。要步入仕途就必须会作诗，要作诗就要懂得押韵，哪个韵可以和哪个韵相押，不可以与哪个韵相押，十分严苛，否则为出韵，就不能被录取。所以隋代产生《切韵》，唐代增补为《刊谬补缺切韵》《唐韵》，宋代为《广韵》，宋金为《平水韵》等韵书，供士子学习使用。唐玄宗时，诗赋成为最主要的考试内容。这也是唐代大诗人辈出，唐诗鼎盛的重要原因。所以因诗入仕，由仕为诗就是很自然的了。有人说，唐代之前的诗歌是长出来的，唐代的诗歌是嚷出来的，宋代的诗歌是想出来的，宋以后的诗歌是仿出来的。我认为，唐代的诗多数是"逼"出来的，宋以后的诗，除辽金承唐诗赋取士外，完全是作为一种体裁，按照近体诗的格律要求有感而发写出来的。

今人赋诗可以说完全是出于个人的兴趣、爱好，出于对生活的挚爱、感受，出于对诗词的稔熟及知识的沉淀。俊明老同学是中文系毕业的才子，早已具备了这几方面的特质，创作出这部诗集应是水到渠成。

在这富有诗意的秋天里，我再次从电脑中打开老同学杨俊明所著的《秀容撷翠》稿本，看着老同学"行神如空，行气如虹"的诗作，读着"如矿出金，如铅出银"的诗句，仿佛身临其境，试图揣摩着诗人的感受，走进诗歌，走进诗人的心灵。看得出来，这部诗稿不仅仅是俊明老同学个人感悟的实录，更是对家国历程的记载。

全书共分为四个板块：五绝、五律，七绝、七律，词，赋。

这四个部分，无论诗词，还是感赋，读来均朗朗上口、余味悠长。处处体现出作者深厚的文学功底、娴熟的文字技巧和斐然的诗学才情。朱光潜说过，无论是欣赏还是创造，都必须见到一种诗的境界。我虽然未能达到诗的境界，但在探索老同学诗的境界中无疑感受到了：

深厚的同学情谊感染着我，令我们重温激情燃烧的青春岁月。

《同学赋》是用诗的语言对大学生活的追忆："遥想当年，吾辈风华正茂无遗爱；入学山大，我等壮志冲天有余翮""刮肠收辞，恍恍惚惚，道不完同窗金石兰香。翻影集，宛若画卷；念同窗，笔短情长""图书馆翻阅典籍；教室内挑灯钻研。观古今于须臾，念天地之悠然""唯其痴，我同窗，办《春蕾》，练文笔，饱蘸日月之精华，写下美妙文章"。

《春蕾》是我班自办的文学刊物。郭新民、原荣立等同学曾是《春蕾》刊物的主编。

在当时整个社会政治解冻、思想解放的大环境、大气候下，大学生们被称作"天之骄子"。信息大爆炸、社团大发展、诗坛大探索是那个时代的特征。《诗刊》召开了"青春诗会"，许多慧眼识才的文学刊物推出了"大学生作品专页""大学生作品专号"，在社会上一度形成了"大学生作品热"。校园文学得到了社会的承认，传统的文学受到了挑战，传统的思维方式受到了挑战。挑战的激烈程度，从以下的大学社团刊物可见一斑。

当时的文学期刊，各种流派的争鸣还没有真正展开，大学生们对文学流派的探索，更多的还是借助于大学社团刊物。当时全国主要的社团刊物有：中山大学的《红豆》、北京大学的《早晨》、北京师范大学的《初航》、西北大学的《希望》、武汉大学的《珞珈山》、杭州大学的《文学公民》、南开大学的《南开园》、南京大学的《耕耘》、陕西师范大学的《渭水》、山西大学的《春蕾》。其中绝大多数是油印的。

同学们在《春蕾》上练习写作，其乐无比。"饱蘸日月之精华，写下美妙文章"（俊明赋），同学们自刻自印，将蜡纸放在钢板上用铁笔刻字，使用简陋的油印机，以油污的双手滚印出我们的《春蕾》。我清楚地记得，我那时还是一位刻蜡版的高手。

读《同学赋》，令我重温那个锤炼我们的稚嫩的《春蕾》，仿佛又回到那个激情燃烧的青春岁月。

美丽的景色愉悦着我，使我们联想起一年一度的晋祠菊展。

美景怡人："人间天堂美西湖，雄奇险俊秀黄山，国色天香牡丹园，青苍未了白龙山。"（俊明诗）等等。这些美丽的景色在作者的笔下得到了尽情的展现。

俊明的《晋祠赏菊》更是别有一番情趣：金菊斗寒奇秀留，蝶蜂振翅在花头。绿波含笑仰天望，青鸟传神俯地侯。九月同窗汾水聚，重阳照影晋祠游。比来陶潜杯筋乐，白首老翁不识愁。林涧林香唱雅韵，彩莲彩云尽风流。勿言杨柳浓华露，夕醉晚秋乐悠悠。

这首诗构思精巧，对仗工整，语如连珠，情景交融，动静结合，形象生动，写出了菊的美、蝶蜂的舞、老翁的悠，巧妙地将梁林香、王彩云、靳彩莲（俊明夫人）三位同学嵌入其中，读来妙趣横生，令人心旷神怡，向往一游。

诗句最能引起我们因为爱菊而年年赏菊的共鸣。

不到晋祠，枉到太原；不赏秋菊，枉来晋祠。

晋祠，原为晋王祠（唐叔虞祠），为纪念晋（汾）王及母后邑姜而兴建；位于太原市西南悬瓮山麓的晋水之滨，祠内有几十座古建筑，环境幽雅舒适，风景优美秀丽，极具汉族文化特色，素以雄伟的建筑群、高超的塑像艺术闻名于世；是集中国古代祭祀建筑、园林、雕塑、壁画、碑刻艺术于一体的唯一而珍贵的历史文化遗产，也是世界建筑、园林、雕刻艺术中心。难老泉、侍女像、圣母像被誉为"晋祠三绝"。

秋天正值菊花绽放的旺季，也是赏菊的最佳季节。每到此时，一盆盆菊花开始展颜吐芳，晋祠菊花展为人们带来古朴建筑与鲜艳花朵相映成趣的美景。菊花是太原市花，已有三千多年的栽培历史，与晋祠渊源极深。据《晋祠志》记载，早在乾隆、嘉庆、道光年间，晋祠种菊者甚多，品种甚富。从2004年晋祠开始举办"菊花文化节"。现代菊艺与唐宋古典园林相衬托、动与静相结合，围绕晋祠文化与菊文化的主线，利用晋祠特有的文化资源优势，通过现代园林技术，将人文自然景观和各种菊花造型有机地融为一体，体现了晋水之源舞秋风，满园菊花遍地黄的壮观景色。

我们同学中肯定不乏一年一次走进晋祠菊花文化节的人，去感受那极为浓厚的菊文化氛围。那是菊花的海洋，菊花的世界，数以万盆的菊花，千姿百态，造型多样，形象逼真。人们在赏菊中，回顾晋祠辉煌，了解晋祠文化，传承中华文明。印象最深的是，多彩的名菊环绕着"唐太宗李世民归来"的大型雕塑怒放，众多游人在菊花拥簇中与雕塑争相合影。太原人有智慧，把菊花文化节办在了晋祠，向中外游客彰显地域文化的厚重与美丽。

我们多数人赏菊只是欣赏花色的艳丽、追寻内心的愉悦而已，而俊明同学赏菊则能够以诗绘景、以诗抒情、以诗怀古。撼怀旧之蓄念，发思古之幽情。

祖国的发展激励着我，让我们共享祖国的盛世风华。

我国四十年改革开放的辉煌历程改变着我们每个人的生活，成就着我们每个人的人生。

因为市场经济，所以有"一台电磨流琼液，两口蒸锅煮雪浆"（《豆腐坊吟》）；"别样幽芳，豆干一片香留住"（《赞西张冯氏豆腐干》）。因为改革开放，所以有"珀斯此季浓荫长，海岸微风着实凉"（《珀斯雨季》）；"玛雅商场人涌动，珀斯街上释烦忧"（《珀斯探亲有感》）。

改革开放之前，我们经历过吃不饱、穿不暖的日子。那时买粮需要粮票，买布需要布票。随着物质资料的不断丰富，粮票布票退出了历史舞台。因为经济的迅猛发展，现在已经不是研究如何满足食欲的问题，而是开始追求品质健康的精神生活。改革开放之前，我们经历过"新三年、旧三年、缝缝补补又三年"的岁月。我记得那时的着装单调乏味、一片灰黑。现在的服装市场琳琅满目，应有尽有，每个人都可以自由选择，追求个性化穿戴。人们的住宅面积越来越大，条件越来越好。精神生活也极其丰富。电影院的兴盛、衰落，到再度繁荣便是人民精神生活历程的写照。曾经到电影院看电影是全民唯一的精神生活，到如今都不用打开电视机，手机足以让你满足。

这是翻天覆地的四十年，习近平总书记深刻指出："改革开放这场中国的第二次革命，不仅深刻改变了中国，也深刻影响了世界。"党团结带领全国各族人民，谱写了中华民族自强不息、顽强奋进的新的壮丽史诗。

生而有幸，我们见证了祖国的改革开放；生而有幸，我们创造了今天的繁荣昌盛；生而有幸，我们共享着发展带来的胜利果实。让我们共享祖国的盛世风华。从老同学的《忻州赋》里，可以看到这样的美景："七路四桥"道通人和直挂云帆；"五馆一院"政扬民顺浑然一网。麦香鱼跃，灵果馨香。靡不毕植，华实照灿。广场宽阔，草茵花艳。高楼比栉，水清天蓝。从《盛农公司赋》里可以看到这样的硕果："走田间，旷野郁葱永成以长青，杨柳婆娑，金谷芬芳。创品牌，金农科技而雅望，正道人和，米粮满仓。"这些歌赋足以见证着祖国的繁荣昌盛。

"诗言志"。无论是诗，还是词赋，字里行间还透露出作者——

对本职工作的尽忠职守。如《蝶恋花·最苦勤劳公证处》：最苦勤劳公证处，洁袖清廉，踏遍清秋路。眼底仁心已留住，垂杨道是和谐树。壮怀千里魂飞苦。如诉笺书，证证依规主。办证路程还几许，人间荡尽尘尘土。《公正赋》：佳木葱茏，百姓维权举证；重葩霞灿，公证不失纪纲。感公证之恩德；佑民众以保全。还有《鹧鸪天·和谐使者公证人》《水龙吟·公证案卷阅读有感》。

对亲情的浓浓眷恋。如《沪上游》："爷孙沪上游，景物晚方收。"。《忆奶奶》："朔风有意叩夜窗，祖奶唠叨断我肠"；《顽皮小外孙》："顽皮孩稚人心醉，无比天真憨笑中"；《爷孙乐》："柳阳疏影一径斜，孙子嬉戏插菊花。驻足乘凉消暑处，爷爷乐得笑龇牙"。

对恩师的深深敬仰。如《拜师》："月高柳影欲倾怀，跪礼诗书心未开。伏案涂鸦无法度，求知学艺拜师来"；《拜望恩师钟天铎》："驱车晚照京华路，拜望恩师喜欲狂。岁月催颜情不断，习书犹如劝霞觞";《北京访恩师》《师生情》《贺赵国栋老师寿辰》《虞美人·师生畅叙》《导师孟玲金婚赋》《桑榆之霞光——读恩师赵国栋诗》。

对同学情、书画影的盛赞。 如《洞仙歌·读郭新民〈红竹〉画有感》："竹红画就，乘舟芳尘秀。问道云间几人有？尚温情、淡韵寰宇遨游。润雅格、云海碧天时久。穿越星河汉，画醉悠悠。谁想年华面容皱。老悴白发生。书画兰心，临碑帖，书痴吹瘦。推窗望、鸟啼百花红，又道是、流年夕阳依旧"；还有《新民作画有感》《新民写鹰观感》《观感林香摄影作品》《同学书展有感》。诗词中多处盛赞新民大家的诗、书、画和梁林香的摄影，诗中多次记述了与大学同学原荣立相聚的情景，如《清平乐·往事迢迢——赠原荣立同学》《浣溪沙·与荣立同学相聚》等等。彩莲是俊明夫人，书内书外俊明总是赞不绝口，令人羡慕；还有对王彩云、芦小云、杨国英、杨慧敏、马世豹、何其山等同学的赠诗。此外还提到多位高中同学。

对家乡无比的热爱。 如《忻州赋》："忻州之美，美在山水。吞云吐翠，秀水圣山。峨峨圣山，铸就历代雄杰；悠悠秀水，阅尽千年兴亡。"

对大自然尽情的赞美。 如：《雪赋》《雪》《荷花》《水仙花》《君子兰》《春看桃花》《残阳》《白云》《小花》《牵牛花》《兰草》《咏菊》《雪润草芽》《赏牡丹》《咏黄菊》《柳絮》《赏雪》《黄山咏》《南乡子·瑞雪飘飘》《满江红·西湖吟》等。

有意思的是，当我赠给俊明同学二十余本山西方言重点研究丛书后，不几日就写出《赞晋语》四首、《读方言》一首，令我感动的是，他不仅细细翻阅，还查了些有关晋语的资料，对术语的把握、理解均很到位，他是我老同学中方言学的又一位知音。诗中用了"音韵""方言""尖团音""喉塞辅音韵尾""圪缀""连读变调"等方言学术语：求今索古注乡行，晋语研芳自有声。音韵有情堪轨范，方言今日问全生。晋语方言八片分，尖团音节演词中。如珠叠字随心出，喉塞辅音韵尾同。连读变调邻里字，古今缀圪浊音穷。

俊明老同学的诗还有一个最大的特点是直抒胸臆，不为律所围。为表达确切的意思，不一定迁就平仄和对仗。如："月影凝芳宴，红装照九层"。这两句，平仄对得很工，但词性上"芳"与"九"没有求同。雨润山峰翠，曲高波影斜。这两句词性对仗很工，但平仄上"山"与"波"都成了平声。当然，也有一些诗句对得十分工整。如："悬崖峰暖翠，绝壁石鸣寒"，"山川难写就，草木可书工"，"家里金银无一串，心中诗卷有千言"，"万物四时常衍变，千言百事道还休"。有的诗未必看成律诗，可以视为"古风"。如：《写给浩文夫妇》："浩然浩气文章著，秀水秀山兰草香。五福三灵秀兰运，千言万语浩文昌"；《无题》："一雨千丝一诗意，一池荷花一娇媚。一儿一女一亲情，一老顽童一梦里"。从对律诗的基本要求"押平声韵、对句押韵、不得重韵"来看，俊明的诗是符合要求的。

……

天高云淡，暑气已去，秋是清清爽爽的。一叶知秋，路旁的绿化带褪去了原有的碧绿。这几天，我正在乡下做山西口传文化及方言调查，看到田野里的庄稼业已成熟，在阳光的照射下金碧辉煌。红红的苹果像朵朵红云飘落在枝头，大片大片的柿子林泛起层层叠叠的红色热浪。

秋天是如此的红红火火，秋天是如此的诗情画意，秋天是如此的硕果累累。秋天里欣赏着俊明老同学的诗词赋，这何尝不是他的又一累累硕果。

我不作诗，对诗的欣赏和创作都不在行，多年来只是在山西大学平平静静地教书育人，专注于我的地方方言的探赜索隐，让我作序，实不敢当，只是将我的读诗感受写了出来，聊博同学们一哂。

二〇二〇年九月十九日
于山西大学语言科学研究所

贺《秀容撝翠》付梓

何其山

书容秀院多灵韵，
匡世群英续艺文。
脉发源流终莫断，
径通撝翠俊明君。
毫端风雨真形在，
纸上烟云绕指闻。
一缕诗香山水绿，
三关热土芰荷芬。

目　录

第二辑：七绝　七律

第三辑：词

第四辑：赋

第一辑：五绝　五律 |

珀斯^① 晚霞

日落晚霞重，
风清夜烛明。
百花风制韵，
千叶唱诗声。

2018 年 9 月 2 日于珀斯

---

① 珀斯是澳大利亚西澳大利亚洲的首府

咏秋

绿柳随风舞，
黄花遇雨寒。
田畴残叶厚，
农父酿糟坛^①。

2018 年 10 月 3 日

---

①糟坛：即酒坛。明袁宏道《浣溪庄落成同社中诸友赋》诗之二："糟坛屡建三章约，
花社新颁凡锡文。"

七夕

河桥苦泪流，
相见两般愁。
只要真情在，
何惧风雨遒。

2018 年 8 月 17 日

相聚珀斯

今与长居珀斯之华人小叶、罗飞、Tony、王博相聚于广东会馆，偶得诗句

西澳山明秀，
华人心草香。
文章千古事，
礼乐万年昌。

2018 年 9 月 3 日于珀斯

文波 ①

文章意气横，
波动碧涟成。
美在韵中过，
丽芳几万程。

---

① 文波，陈文波，居住珀斯。

秀凤 [1]

秀蕙吐幽芳，
凤鸾翩振翔。
佳人慕高义，
丽曲醉思康。

---

[1] 张秀凤，新加坡人，梁振康夫人。

赏雪

风飞六瓣斜，
枯木绽梨花。
牖外看冰玉，
心头起赤霞。
人生犹如水，
岁月已烹茶。
莫等耄年日，
多言謦欬沙。

沪上游

2019年3月9日，举家带外孙旅游，在上海迪士尼乐园游玩，小外孙甚乐。

爷孙沪上游，
景物晚方收。
南北多情路，
雨丝生绿洲。

红

2019 年 2 月 23 日，梁林香女士酷爱摄影，拍摄一组题为《红》的照片，吾甚喜，记之。

嫦娥离玉镜，
折柳看花灯。
月影凝芳宴，
红装照九层。

吉娃娃

吾甚爱狗，曾养小宠品种为吉娃娃。十五年后不幸亡故，以诗为怀。

黄犬吉娃名，
翛然守道成。
闻声双耳竖，
跳跃四蹄轻。
舍陋心无怨，
主贫斯有情。
闹闲欣我在，
撒泼入怀成。

赠典当行经理李彦平

李彦平吾好友，在典当行成立十周年志贺之际，贺之。

十载铸辉煌，
诚信赢八方。
俊才平坦路，
群彦聚华堂。

朝登赵杲观[①]

一

朝登赵杲观，
二指[②] 离天弹。
拾级通幽处，
凭阑薄雾看。
悬崖峰暖翠，
绝壁石鸣寒。
仙女绕身帕，
龛灯显赤丹。
拜山无染俗，
浮语了心安。

---

① 赵杲观：位于山西省代县新高乡红寿村天山下，距代县大约二十三公里。赵杲观，
创建于北魏，明代万历年间曾予重修。寺庙分为南北两部分，南有大佛殿、古南
洞、石室三楹，是佛教僧侣居住处。北部是观音阁，内有天然石洞，外建五层楼阁，
阁内有铁索，可攀索而上。赵杲，代国的丞相。
② 阁楼前塑有赵杲泥像，泥像依崖作檐，头顶距崖仅寸余，故有"赵杲观，离天
二指半"的谚语。

二

峰翠耸云端，
岩奇凝露寒。
九阳遮一半，
吐出自然观。

题弹琵琶

重外甥女史雨在中央电视台表演弹琵琶，兴奋之余，贺之。

桂月惠风情，
林清百鸟鸣。
琵琶吟古调，
素手弄弦声。

思乡

少小离家久，
冬寒春又遐。
魂随云朵去，
思尽绿茎花。
雨润山峰翠，
曲高波影斜。
游居梦中约，
聊慰我心涯。

观感林香 [1] 摄影作品

浓芳纷满路，
焕烂一林中。
美景慧心留，
良辰佳气融。
山川难写就，
草木可书工。
蜂蝶闻香透，
翩翩逐晚风。

---

[1] 林香：梁林香，山西省司法学校教师，律师，笔者的大学同学。

题芦芽山[1]

山中连夜雨，
林下百清泉。
深垭浮云涧，
微风拂素弦。

---

[1] 芦芽山风景名胜区位于山西省忻州市宁武县，荟萃了"山、石、林、草、洞、湖、泉、谷、庙、关"十大系列的旅游景观，是集国家地质公园、森林公园、自然保护区、水利风景区及中国民间文化旅游示范区于一体的风景名胜区。

纯清

改辙自芳辰,
荣华俏百春。
纯真出天秀,
清泉照心淳。

第二辑：七绝　七律 |

赞晋语（四首）

一

北语南言各不同，
交流一字难沟通。
无需销尽劳心事，
千载方言传唱中。

二

研读方言春在手，
声声音韵胜醇酒。
梅花破萼展风流，
一曲清商人长久。

三

求今索古注乡行，
晋语研芳自有声。
音韵有情堪轨范，
方言今日问全生。

四

晋语方言八片分[①]，
尖团音[②]节演词中。
如珠叠字[③]随心出，
喉塞[④]辅音韵尾同。

---

① 八片分，晋语方言分为八片，即——

并州片：分布在山西省中部。共16市县。

吕梁片：分布在山西省西部、西南部与陕西省北部。共14市县。

上党片：分布在山西省东南部部分地区（除晋城）。共14市县。

五台片：分布在山西省北部、陕西省北部与内蒙古西部河套地区。共29市县旗。

大包片：分布在山西省东北部、内蒙古西部黄河以东、陕西东北部。共37市县旗。

张呼片：分布在河北省西北部、内蒙古中部。共30市县旗。

邯新片：分布在山西东南端（晋城）、河南省北部、河北省西南部。共39市县。

志延片：分布在陕西省北部。共7市县。

② 尖团音是尖音和团音的合称。尖音指汉语拼音 z、c、s 声母拼 i、ü 或 i、ü 起头的韵母，团音指汉语拼音 j、q、x 声母拼 i、ü 或 i、ü 起头的韵母。部分方言中分别"尖团"，如把"尖、千、先"读作 ziān、ciān、siān，把"兼、牵、掀"读作 jiān、qiān、xiān。普通话不分"尖团"，如"尖＝兼"jiān，"千＝牵"qiān，"先＝掀"xiān。

③ 叠字，又名"重言"，系由两个相同的字或词组成的词句。

④ 喉塞音，声门塞音，是辅音的一种，是一种由声门关闭引起的气流瞬时中断而成的塞音。由于其发音部位的独特，声门塞音只有清辅音。其国际音标符号为"ʔ"，即把问号去掉下面的一点（注意这个符号不是问号）。该音广泛存在于各语言中，但把它当作独立音位看待的语言并不多。

读方言

己亥末，全生①同学赠书二十余册，皆为晋语方言。吾甚喜，读之，感其英迈，屈起多才。记之。

秋月清风桂子红，

---

① 全生，乔全生，山西临汾人。山西大学语言科学研究所教授，汉语言文字学专业学科带头人、博士生导师。"长江学者"特聘教授，国务院特殊津贴专家，国家社科基金语言学科评审组成员。首批"三晋学者"特聘教授，"三晋英才"高端领军人才。曾任山西大学职称改革办公室主任，山西大学语言科学研究所所长；兼任中国音韵学研究会会长，山西省语言学会、山西省方言学会第九届、第十届会长。2009 年获"王力语言学奖"，2013 年获山西省"五一"劳动奖章，2020年被教育部、国家语委授予乔全生"中国语言资源保护奖"先进个人称号，授予山西大学语言科学研究所"中国语言资源保护奖"先进集体称号。
研究方向：
现代汉语、方言学、语音学、语音史。教授现代汉语、语言学概论、汉语方言调查与研究等课程。
主要著作：
《晋方言语法研究》《晋方言语音史研究》《晋方言语音百年来的演变》《洪洞方言研究》《汾西方言志》《洪洞方言研究》《汾西方言研究》《平遥话音档》（合著）等。
论文代表作：
《晋方言与唐五代西北方言的亲缘关系》，《山西南部方言管"树"读[PO]考》《晋语与官话非同步发展》《从晋方言看古见系字在细音前腭化的时间》等，在《中国语文》《方言》《语文研究》等刊物发表学术论文 120 多篇。

修编晋语[①] 醉酣中。

五更鼠标无曾息，

八片方言有异同。

连读变调邻里字，

古今缀圪[②] 浊音穷。

全生挂帅赋金石，

载酒题诗辨韵工。

[①] 晋语，别于官话的最大特点就是保留入声。新《中国语言地图集》将北方所有有入声的地区方言命名为"晋语"，并从现代官话中分立出来。多数晋语有五个声调，部分地区有六个、七个或四个声调。晋语声调有复杂的连读变调现象。晋语全浊音清化有四种不同的演化方式。晋语有很多与官话差异较大的特征词以及保留的古语词。晋语起源有两种说法：一种观点认为晋语起源于秦晋方言，因为《切韵序》中"秦陇则去声为入"符合现代晋语特征；还有一种观点认为晋语起源于赵魏方言，因为古代赵国的三代都城今都属于晋语区。今之晋语区拥有春秋时代晋国、战国时代赵国的大部分领土，以及战国时韩国北部、魏国西北部领土。晋语区是中国唐诗、元曲重要产区，晋语基本能合平仄格律。晋语的主要使用地区有山西省、内蒙古自治区中西部、陕西省北部、河南省黄河以北大部、河北省西部，地跨 175 个市县。晋语位于黄土高原，地理环境相对封闭，是造成晋语在北方较为独特的原因。晋语核心区主要为太原话（已分化成新老两派）、晋中话和吕梁话。

[②] 缀圪，属于山西方言，属于语气助词，没有词汇意义。"圪"头词是晋语中最有特点的一类词汇，名词、动词、形容词、副词、量词等中都有分布，因其词语前缀为"圪"，故名。

晋商吟

西口清波兴业骄，
茫茫草色碧天寥。
春秋十载晋商路，
风雨百年蒙客娆。
阊阖九重春好处，
烟霞五彩醉丹霄，
仁君风雅初心定，
信义人生品自超。

藏头回环诗（押新韵）·国英雅卓 [1]
——赠杨国英同学

国花 [2] 落英郁荦卓，
英郁荦卓雅尚 [3] 佛。
雅尚佛缘卓荦郁，
卓荦 [4] 郁英 [5] 落花国。

---

① 雅卓：温文儒雅，品质卓越。

② 国花：这里指牡丹花。

③ 雅尚：风雅高尚之意。

④ 卓荦：同卓跞，为超越出众之意。

⑤ 郁英：英，美也。郁，香气浓烈。这里指美丽的牡丹花香气浓郁。

雪

袅袅娉娉扑面来，
悠悠飏飏洗尘埃。
踏歌亭榭琼瑶路，
坐看枯枝玉色开。

分别

2017 年冬季，忻州市委组织全市优秀专家在奇村工人疗养院疗养。届满后，专家们相互道别，遂写七绝做留念。

疗程分别朔风中，
各自上岗心所同。
握手迎春青草绿，
迈伦登仕看花红。

奇村温泉 ①

奇绝温泉吐瑞湲，
浴罢换骨妙无边。
乘风犹唱天和曲，
带雨才翻地脉篇。
难怪玉环 ② 娇无力，
奈何嫦娥 ③ 守宫莲。
金汤愈疾来芳地，
身爽洗尘仍流连。

---

① 奇村温泉，位于忻州市西北二十公里金山脚下的奇村，泉眼深达二十六米。水温高达六十三度，含氡、硫化氢、硅酸等多种矿物质，故称为复合泉。

② 玉环：即杨贵妃，杨玉怀。天生丽质，能歌善舞。深得唐玄宗的宠爱，唐玄宗特意为她在骊山修建了华清池，供洗澡。《长恨歌》"温泉水滑洗凝脂"，"侍儿扶起娇无力"的诗句。

③ 嫦娥：上古时期"三皇五帝"之一帝喾的女儿，后羿之妻。其美貌非凡，本称姮娥，因西汉时为避汉文帝刘恒的忌讳而改称嫦娥。

小雪

暮秋小雪转寒天，
翠色悠然已退眠。
寂寞老翁闲里过，
倚栏独处柳无烟。

无题

泪打衣襟思且长，
鸿鸾展翅已翱翔。
抬头怅望云天外，
志事难忘在远航。

中秋

正值中秋光皎皎，
蟾宫万籁有声涛。
美辞邀得明朝醉，
佳句品评通夕高。
一席读书诗酒对，
举家养志啸歌豪。
今宵欢聚团圆日，
玉宇依依无分毫。

荷花

跻汾^① 桥下荷花娇，
微步摇醒咏志谣。
香满薰风游客醉，
亭亭净植小蛮腰。

---

① 跻汾桥：是太原城市规划主城区南端的一座专用人行桥，也是省城首座大跨度
景观步行桥。

养花

养兰娇妻意悠长，
婀娜多姿雅室香。
嫩玉一茎春色闹，
看花还看楚词章。

珀斯雨季 ①

珀斯此季浓荫长，
海岸微风着实凉。
聊赖懒身思旧梦，
姗然一笑傲穹苍。

---

① 珀斯（英语：Perth）：是澳大利亚西澳大利亚州的首府，也是澳大利亚第四大城市。

白荷花

满园春色泛流霞，
好似娇娥散被葩。
问得世间几高韵，
唯应夏日白荷花。

两岸情

一脉相承血水浓，
同宗两岸起蛟龙。
丹青吟诵情无限，
翰墨雅怀飞彩彤。

我劝梁上君 ①

2017 年冬深夜，吾正酣睡，窃贼敲窗入室。可怜此贼无功而返，以诗劝之。

夜静睡虫来伴梦，
时迁 ② 留下好儿孙。
撬窗入室有奇策，
出户轻车已月昏。
家里金银无一串，
心中诗卷有千言。
晨来方道尔来过，
默祝梁君莫再浑。

① 梁上君，亦即梁上君子。窃贼的代称。
② 时迁：时迁是《水浒传》中的人物，绰号鼓上蚤，高唐州人氏，出身盗贼。

拜师

2010 年金秋十月，吾学书法不得法，走入瓶颈。于是在李浪木的引荐下，拜钟天铎为师。

月高柳影欲倾怀，
跪礼诗书心未开。
伏案涂鸦无法度，
求知学艺拜师来。

拜望恩师钟天铎 ①

驱车晚照京华路，
拜望恩师喜欲狂。
岁月催颜情不断，
习书犹如劝霞觞。

① 钟天铎：原名恩惠、恩蔚，曾用名钟洪、汉篪，号受斋、涂客、二可居士。
1943 年生于苏州，祖籍浙江吴兴。少时以足疾克励自强，即以素描、水彩画见称
于吴中。稍长则致力于传统书画，精山水、人物、花鸟诸画科，并雅善书法篆刻，
尤长于鉴定书画文物。尝从学于唐云，学识日益猛进，有声于海内外。书画、篆
刻作品，多次入选国内外展览。

品刘俊彪 ^①　油画《残荷》

残荷听雨自芬芳，
艳褪逍遥淡半妆。
妙笔生花无限绝，
俊彪画作有奇香。

① 刘俊彪：山西人，中国美术家协会会员，中国油画协会会员。专攻戏剧人物油画。

中药汤头拾趣 ①

常山阳和郁金香，
玉女醉饮桂枝汤。
大小青龙柳莠道，
牡丹回春逍遥长。

---

① 诗内含有十一个中药汤头，依次为：常山饮、阳和汤、郁金香、玉女煎、桂枝汤、大青龙汤、小青龙汤、竹叶柳莠汤、回春丹、逍遥散、牡丹皮散。

西湖咏残荷

西湖堤畔赏花迟，
烟雨蒙蒙作媚姿。
残荷殒香留高节，
藕茎淤下结相思。

水仙花

凌波仙子冷香传，
玉立亭亭摇曳前。
水碧迈开轻笑步，
清幽高雅伴婵娟。

忆奶奶

朔风有意叩夜窗，
祖奶唠叨断我肠。
楼柴断垣装日影，
打油灶底煮时光。
阴阳两隔梦中话，
昼夜无妨心里章。
今夜思亲劳作事，
回天奶奶入怀香。

君子兰

挺争苍翠春无限，
君子斗妍花中仙。
平淡室雅来做客，
暗香惠质韵流连。

春看桃花

山桃正当绽花时，
占尽妖娆吐蕊词。
满园风和丹墨味，
依窗弄影忆羲之^①。

---

① 羲之：即王羲之。

残阳

残阳如丹重巷柳，
韵花衮衮难回首。
光阴多谢伴书窗，
老境销魂煮美酒。

白云

风过悠然无牵挂，
变形万象走天涯。
自相怡悦水相戏，
蔚结苍穹是我家。

盼（二首）

吾儿女皆在澳洲珀斯读书，总是盼其有所成就，诗慰之。

一

金风一笑洒馨香，
慈母送儿上学堂。
道德仁心千古事，
遥闻后辈写华章。

二

南飞燕子几时回，
西眺莲花独自开。
秋雨断肠人不寐，
除开云雾曙光来。

朝拜白龙山 ①

青苍未了白龙山，
造化传奇天地间。
高日谈天鸟知性，
悠钟余磬我来攀。
友人结伴来朝拜，
企盼安康不负闲。
祛病消灾无苦事，
胸藏诗卷自幽娴。

---

① 白龙山：指山西省吕梁市岚县白龙山，古名"大万山"，距县城西二十二公里。

翠青
——为翠青旅行社题

翠松高咏云烟静，
青霭分明入看峰。
旅涉山川梅柳渡，
行人远宿蕴情踪。

中元节^①祭祖

中元祭祖四禅^②清，
纸烛冲天六道^③明。
救母报恩求佛祖，
盂兰盆会^④目连^⑤声。

① 中元节：即七月半祭祖，又称施孤、鬼节、斋孤、地官节。上古时代民间的祭祖节，
称为"中元节"。
② 四禅：是指初禅、二禅、三禅、四禅，今次诸戒品而辨四禅者。教义名数。佛
教用以治惑，生诸功德的四种基本禅定。
③ 六道：又作六趣。世间众生因造作善不善诸业而有业报受身，此业报受身有六
个去处，被称为六道。六道是根据业报身所受福报大小划分的。
④ 盂兰盆会：是指每年农历七月十五的节日，也称盂兰盆会、中元节。
⑤ 目连：指目连救母，佛教故事，叙述佛陀弟子目连拯救亡母出地狱的事。

写给浩文①夫妇

浩然浩气文章著，
秀水秀山兰草香。
五福三灵秀兰运，
千言万语浩文昌。

---

① 浩文，笔者高中同学，即刘浩文。其妻李秀兰。

小花

原野鲜花微露笑，
风华绝代小蛮腰。
丝丝细雨情无限，
芝秀幽香夕照娇。

牵牛花

绽放晨曦自放花，
形同号角向天涯。
靓丽仍旧心胸大，
生处悠然映彩霞。

兰草

春草看云绿叶长，
花粉英落费思量。
美中蕴积芳菲意，
丽日升天遍地香。

白露

叶残落尽暗香漫，
白露降临已自寒。
老眼思乡风带泪，
遥望故友倚阑干。

海岸漫步

蓝天摇碎又如何?
海岸逍遥笑纵歌。
自带清风情意在,
友人相伴尽欢锣。

处暑

处暑初生秋意凉，
残红绿瘦制衣裳。
牛郎织女鹊桥会，
泪洒星河爱恨长。

初夏

风吹柳绿已成荫，
布谷田间时一声。
闲暇公园寻影去，
踏芳溪畔看花明。

海边

闲情信步岸边走，
我与海鸥成臂友。
欢笑飘然已可怡，
浪花随性笑开口。

登白龙山

吞云吐雾白龙山，
诵背心经送我还。
鸟雀乐歌枝上跳，
流连蝶舞自由间。

无题

阿妹摇醒酒肆明，
蟾宫羡煞世间情。
暖风熏醉水乡路，
南国烟云涤晚程。

无题

一雨千丝一诗意，
一池荷花一娇媚。
一儿一女一亲情，
一老顽童一梦里。

咏菊

霜凝露冷百无愁，
蕙质花黄一瓣幽。
谁解东篱①逍得意，
自知墨客赋诗讴。

---

① 东篱：语出陶渊明《饮酒》诗："采菊东篱下，悠然见南山。"因以"东篱"
指种菊花的地方。"东篱"此处特指文人的小院。

雪润草芽

白雪欣然润草芽，
寒梅傲骨吐芳华。
无聊生活似流水，
坐读诗书品茗茶。

退休吟

退休了，无事了，人生舞台只谈健康养生了。闲来无事，吟得诗两首，以开怀一笑。

一

满目桃花带粉香，
蜂儿振翅踏芳忙。
游人相戏盈盈处，
笑破长空到夕阳。

二

桃花缤乱随风笑，
杏子思归点点头。
万物四时常衍变，
千言百事道还休。

2017 年 4 月 2 日夜

赠杨慧敏[①] 同学

慧质兰心扫蒙昧，
敏言词赋咏春光。
精灵[②] 衔木明初志，
神气澄清吐洁芳。

---

① 杨慧敏：作者的大学同学，山西省计划生育委员会工作。

② 精灵：出自精卫填海。精卫填海是中国上古神话传说之一，相传精卫本是炎帝神农氏的小女儿，名唤女娃，一日女娃到东海游玩，溺于水中。死后其不平的精灵化作花脑袋、白嘴壳、红色爪子的一种神鸟，每天从山上衔来石头和草木，投入东海，然后发出"精卫、精卫"的悲鸣。象征百折不回的毅力和意志。这里指精卫。

同学书展有感

唐谱唐文韵律声，
砚台砚墨笔花情。
沧桑岁月嘉音在，
绿水烟云是俊英。

听雨

静坐画堂听雨声,
自斟自饮品茶茗。
半生无为匆匆过,
流水落花总动情。

小寒

冬月雪无双眼开，
北风刺骨小寒来。
吟诗暂借消清夜，
不日春光生绿苔。

程龙[①] 书法

程巧奇功尽日功，
龙鱼潜跃水成风。
书文盛事笔称贺，
法度还归不老翁。

---

① 程龙：岚县人，书法爱好者。

奕岩史雨 [1]

奕星闪烁降嘉福，
岩上白云永相逐。
史笔一支皆锦茵，
雨中百合有青竹。

---

[1] 奕岩：博士生。史雨：中央音乐学院研究生，专攻琵琶。此二位系作者重外甥女和重外甥女婿。

元清高乐

元自安歌芸草深，
清欢留取巧工音。
高山流水今犹在，
乐道传承伯氏琴。

新春快乐

新疆降福华章盛，
春载祺然福寿昌。
快意人生皆有吉，
乐酣华夏紫珍祥。

赠毛晓红同学

晓荷亭挺雨中笑，
红萼池头雾里娇。
镜里不忘家园事，
酿成千顷绿波潮。

依潮 [1] 万福

依依相聚帝华情，
潮涌溯源浪里生。
万物丛中此花艳，
福人绵长碧波明。

---

[1] 依潮：居住珀斯。

题梁振康 ① 大师

振玉声金千叶秀，
康平安逸万方情。
大毫挥就惊鸾凤，
师道归宗我为荣。

---

① 梁振康：字妙康，别号建行。新加坡美术总会会长。1951 年生于新加坡，
祖籍广东新会，早年随陈景昭先生习画，1974 年毕业于新加坡南洋艺术学院，
1980 年毕业于英国诺丁汉大学美术与艺术系，后留学澳大利亚，取得澳大利亚墨
尔本皇家理工大学纯艺术硕士学位，先后执教于新加坡南洋艺术学院，其间在新
加坡、中国、日本、印度尼西亚、马来西亚、澳大利亚、新西兰等地举办个人画
展二十余次。出版《梁振康六十（1951-2011）甲子作品集》《梁民先弟画集》《梁
振康书画集》等。

顽皮小外孙

健步如飞摘实功，
声姿玉软送香风。
顽皮孩稚人心醉，
无比天真憨笑中。

清明

春风拂面洗尘埃，
踏翠清明心藏哀。
杨柳泛青寒食过，
坟头后辈祭香来。

水

冲瀜汀滢汇江湖，
激浪淫淫渫泥污。
清浊汗沺波渺渺，
汩湟澎湃涬溟泆。

无题

美女相携花下坐，
桃开憨笑映天红。
荣华从此莫须妒，
醉了春风醉老翁。

春雪

开春一夜落琼花，
青眼①传波烟柳斜。
鹊鸟无声踏枝白，
草芽破土迎朝霞。

---

① 青眼：指对人喜爱或器重的意思。黑色的眼珠在眼眶中间，青眼看事物则是表达对事物的喜爱或重视、尊重。

爷孙乐

柳阳疏影一径斜，
孙子嬉戏插菊花。
驻足乘凉消暑处，
爷爷乐得笑龇牙。

公证

己亥春，忻州市泰和公证处受理了河曲露天煤矿拆迁财产清点，保全证据公证。以记。

阳艳花儿不说愁，
只因公证涉梁丘。
黄风深壑乌金现，
拆迁清点解后忧。

蒸花卷

寒醅发剂巧良工，
蒸馐生成笼屉中。
风味胜过红沁肉，
瓣香吐艳慰馋虫。

书法吟（一）

一

秦并六家书同意，
李斯^①制篆线勾圆。
遵循法度豪吟艺，
尺幅琴笺壮志贤。

二

西晋羲之诗墨韵，
长安祭侄^②物华情。
枝繁叶茂传书道，
硕果花香纸上明。

三

长沙简牍动星月，
篆籀秦碑起玉龙。

---

① 李斯：公元前 221 年，秦始皇接受丞相李斯"书同文字"的建议，命令禁用各诸侯国留下的古文字，一律以秦篆为统一书体。统一后的中国急需一种统一的官方文字。李斯便奉秦始皇之命制作这种标准字样，这便是小篆。
② 此指颜真卿《祭侄文稿》。

波磔蚕头尾如雁，
元岑^①作隶狱中封。

四

甲骨殷墟字始成，
凤翔绝处籀书铭。
刻痕粗细有深浅，
曲直盈虚在砚屏。

五

摩崖^②西狭^③随云渡，
礼器^④清歌带雨飞。
左右^⑤舒毫翩欲舞，
八分^⑥典雅斗芳菲。

---

① 元岑：即程邈，指汉代隶书风格特征。

② 摩崖：系摩崖石刻。

③ 西狭，即《西狭颂》，系摩崖石刻，东汉建宁四年（171 年）六月刻于甘肃成县天井山。《西狭颂》与陕西汉中的《石门颂》、洛阳的《郙阁颂》称汉代书法"三颂"。

④ 礼器：指《礼器碑》，是东汉时期重要碑刻，立于东汉永寿二年（156 年），现存山东曲阜孔庙。

⑤ 左右：指书笔法，头似蚕尾如雁装饰之笔，求波折兼轻重左舒右展。

⑥ 八分：隶书称为佐书、史书、八分书等，在东汉时期达到顶峰。

书法吟（二）

一

山色捧香通造化，

西狭三颂卧云霞。

伟瑰甲骨千秋韵，

厦宇悠然品自华。

二

广开工匠有遗篇，

业盛匦盘籀占先。

集萃铭文清雅秀，

团栾①汉隶舞翩跹。

三

公推急就②象芝③前，

---

① 团栾：这里指秀美。

② 急就：指《急就章》，东汉时期史游的儿童启蒙书。

③ 象芝：指皇象和张芝。皇象，字休明，三国时期著名书法家，官至青州刺史，史书称他擅长隶书、小篆及章草。后人评：草书入神，八分入妙，小篆入能。张芝，字伯英，汉族，敦煌郡渊泉县(今属甘肃酒泉市瓜州县)人，东汉著名书法家，被誉为"草书之祖"。

司掌陆机平复笺。
挑取龙蛇书带草，
战诗褉序意弘传。

四

吉日挥毫著地垂，
尼珠①入局静心归。
斯人千古磨书剑，
杨氏②今朝搅絮飞。

五

拴通桃李花开日，
明月依然照我中。
魁笑先生空心字③，
首功百米上青穹。

（此五首诗嵌名为：山西伟厦广业集团公司挑战吉尼斯杨栓明魁首）

①尼珠：摩尼宝珠，即宝珠。
②杨氏：指杨栓明，山西伟厦广业房地产开发集团有限公司董事长，山西岚县人，创一笔空心字吉尼斯世界纪录。
③空心字：双钩书法是指以笔单线直接写出某种书体的空心字。

端午

屈原含恨走江河，
留下《离骚》唱《九歌》。
粽叶飘香祭忠烈，
龙舟竞罢又如何？

双乳湖 ①

暮色苍茫看乳峰，
碧湖倒影隐青松。
谁寻西子 ② 花房现，
羡煞七贤 ③ 春酒浓。

---

① 双乳湖：位于山西忻州城西北二十公里的赵家村之西。平原上两阜突起，双峰
对峙，形似人乳，大小等量。山下有一湖，故名双乳湖。

② 西子：指西施，春秋时期赵国美女，一般称西施。后人尊称其"西子"。

③ 七贤：指竹林七贤，是三国魏正始年间嵇康、阮籍、山涛、向秀、刘伶、王戎
及阮咸七人。先有"七贤"之称。

捏寒食鸡 ①

燕子来时新社，
梨花落后清明。
寒鸡手中弄罢，
惊破晓梦初鸣。

---

① 清明节，北方家家户户都要蒸面捏的寒食鸡，以馈赠亲友。

贺智全招娣^① 女儿新婚志喜

智全种得草花香，
招娣修来美玉莺。
关雎泽洲心自洁，
荣华富贵世祯祥。

---

① 智全和招娣系夫妇，皆为笔者之朋友。其嘱为女儿结婚志喜。

画廊临帖

临帖画廊嘉运长，
品茶论学吐清光。
蝉鸣树上厌烦躁，
唤得娇妻在侧旁。

题岚城水库

二〇一二年农历八月初九，迎着朝阳与妹夫牛崇有驱车来到岚县岚城水库捕鱼。岚城水库属小乙型水库。建于二十世纪五十年代。水库管理员派三名工作人员，划一叶小舟挂网捕鱼。两小时后，捕得三尾。捕者说："上午不易捕鱼，你们好运气，捕到一尾鲤鱼，两尾白花鲢鱼。"妹夫连连道谢，我初见捕鱼，兴奋不已。偶得一诗。

岚城水库有鱼虾，
岸柳旁边野草花。
一叶扁舟撒丝网，
惊飞侯鸟唱丹霞。

清徐^① 葡萄咏

闲踏秋光叶正飞，
葡萄饱满日生辉。
我来此地摘珠玉^②，
载得芳菲醉语归。

---

① 清徐：清徐县位于山西省中部，隶属于山西省太原市，国内著名的葡萄产区之一，素有"葡萄之乡"的美称。已有一千余年的葡萄栽培历史。

② 珠玉：指珠圆玉润的葡萄。

禅之荷

雨打池塘荷叶清，
丝丝一笑本无名。
蛙鸣日月轻轻唱，
藕出泥途节节情。

咏黄菊

露寒霜重百花愁，
唯独菊花寒英幽①。
好梦勿言庄氏蝶②，
听琴酌酒暗香留。

---

① 寒英：指菊花。清周亮工《墨菊》诗："把得寒英色未伦，夕餐只认鞠通身。"
② 庄氏蝶：指庄蝶，庄周梦蝶。庄子认为生与死、祸与福、物与影、梦与觉等，
却是自然变化的现象。圣人任其自然，随之变化。

赠雁玲^①女士

雁翩天边写碧空，
玲珑崖畔起华风。
今朝平静不争艳，
他日摇身化作鸿。

---

① 雁玲：即王雁玲，山西省忻州市中级人民法院法官。

赠贾粉桃女士

贾粉桃乃忻州北路梆子青年旦角演员，梅花奖得主，北路梆子传承人。
今有幸听其歌，观其戏，兴有余，以赞。

粉蝶世间春色裁，
桃花一簇笑颜开。
美音谐律天然秀，
珠璧佳人百鸟来。

赏牡丹

洛阳国际牡丹节开幕，我与妻子来此参观。好个牡丹园，有白的、红的、紫的、黑的，各种牡丹争相斗艳，环姿艳质。令人目不暇接，心旷神怡。

洛阳盛放牡丹花，
佳偶温香赛紫霞。
唯有纯情真国色，
相知伴侣醉无涯。

红牡丹

独尊魁首自妍开，
带露含馨破晓来。
已是牡丹花下客，
何须园外羡香苔。

白牡丹

花神巧剪下云台，
琼骨香罗送艳来。
蝶舞蜂飞逐嬉戏，
游人留照笑颜开。

赞郝银柱[①] 大夫

杏林园里一枝花，
当代名医出郝家。
济世悬壶来把脉，
千方汤药映丹霞。

---

① 郝银柱，山西省忻州市著名中医大夫。

柳絮

吐絮青丝醉粉洲^①，
随风起舞已成球。
一朝滚入百家地，
锦上添花千户侯。

---

① 粉洲，指花洲。

秋思

芙柳残红枫叶厚，
独留画室倚窗久。
风吹池水洗蒸毫^①，
日映竹林^②醉觞酒。
秋雨断肠鸟自知，
暮云回首人难偶。
一篇词赋品清茶，
浓睡觉醒找帖友。

---

① 蒸毫：这里指毛笔。傅山有诗句"右军大醉舞蒸毫"。
② 竹林：指竹林七贤，是中国魏晋时期的七位名士。

自由吟

鱼飞水曲戏莲红，
鸟恋青山笑语穹。
老子^①读经赞无为，
庄周^②观乐梦游功。
人生一世浑难辨，
客路千端总不同。
洗净铅华了万事，
何须逐利巧钻攻。

---

① 老子：姓李名耳，字聃，一字伯阳，或曰谥伯阳，春秋末期人，生卒年不详，大约出生于公元前571年春秋晚期陈（后入楚）国苦县（古县名）。中国古代思想家、哲学家、文学家和史学家，道家学派创始人和主要代表人物。

② 周：庄子，战国中期思想家、哲学家、文学家。姓庄，名周，宋国蒙人，先祖是宋国君主宋戴公。他是继老子之后道家学派的代表人物，创立了华夏重要的哲学学派——庄学。与老子并称为"老庄"。

赋得建军^①喜乔迁

开莱^②小景有新图，
杨氏^③乔迁摘瑞符。
美酒三杯歌世路，
佳音一席唱通途。
诗书清静偶逢上，
儿女志诚难得珠。
烟雨迎来红意句，
筑巢勾画绿波湖。

---

① 建军：杨建军，山西 211 地质队测绘队队长。笔者表弟。
② 开莱：山西省忻州开莱国际社区。
③ 杨氏：即杨建军。

书道

壬辰初秋（七月十四日）经《中华国粹》杂志社社长李浪木引荐，
拜钟天铎为师，在忻州五台山大酒店举行了拜师仪式。偶得一诗。

多年学艺苦难晋，
只是功夫半未全。
汉字七成天道意，
人言三尺哲人传。
今朝下拜受斋[①]授，
他日生春逸少[②]田。
到老方知非力取，
书香尚得古名贤。

---

① 受斋：即钟天铎，原名恩惠，恩蔚，曾用名钟洪，汉镓，号受斋，涂客，二可居士。
1943年生于苏州，祖籍浙江吴兴。精山水、人物、花鸟诸科，并雅善书法篆刻，
尤长于鉴定书画文物。是吾之师也。
② 逸少：即王羲之，字逸少，东晋时期书法家。

徐鸣远^① 写画观感

毕竟丹青有逸情，
豁怀开朗展精诚。
追奇拓画美中意，
点墨挥毫歌曲明。
血泪玉壶^② 凝水碧，
风尘骏马踏山行。
万花引蝶自多丽，
百鸟争鸣助雨声。

---

① 徐鸣远，中国美术家协会会员，中国现代国画研究院副院长，国韵文化书画院
艺委会委员，中国当代画中画第一人。

② 血泪玉壶：此典出自三国时期魏文帝曹丕宠妃薛灵芸。灵芸从江南远赴洛阳，
这一路灵芸泪如泉涌，随从便用玉唾壶给她承接泪水，只见流进壶中的泪水都带
着血红。等到抵达洛阳，玉唾壶中已盛满了血泪，后世称女子的眼泪为"红泪"。

品天宁 [1] 作画

天宁作画日方长，怪石嶙峋野草香。

淡墨轻岚深秀处，微丹细雨浅寒章。

点青勾勒惊余韵，皴蹭修涂走异乡。

写意神山品西藏，画功烟柳系情量。

空歌新竹吟秋景，灵境高峰唱夕阳。

潇洒飘飘擎醉笔，君家作画不虚张。

---

① 即陆天宁，现为中国美术家协会会员。

豆腐坊吟

戊戌腊十一日，刘浩文、薛保珍等高中同学一同来到袁东亮同学创办的豆腐坊参观。之后，浩文、东亮赠我豆腐，我欣然受之。感动之余写下七律《豆腐坊吟》以谢同窗之谊。

淡泊生涯豆腐坊，
宵衣劬俭[①]写篇章。
一台电磨流琼液，
两口蒸锅煮雪浆。
大瓮储藏卤精血，
小刀剖破玉蕤[②]香。
清廉方正袁东亮，
赠我甘酯味最长。

---

① 劬俭：即勤俭。《新唐书》："凑为人疆力劬俭，瞿瞿未偿扰民，上下爱向。"
② 玉蕤：比喻莹洁的花，这里指磨豆浆。

新民^①作画有感

新民作画通文法，
红竹千枝上碧霞。
积翠花声峻嶒落，
斜阳草色陇上华。
微风细浪三春柳，
怪石寒藤二月花。
飞虎点苍波磔线，

① 郭新民，号宁武关人、仁纶堂主。二十世纪七十年代中期开始文艺创作，潜心诗文，擅长书画，集诗书画于一身，对文物书画鉴赏有较高造诣，为我国当代著名作家、诗书画家。现系中国作家书画院副院长、中国书法家协会第六届维权鉴定委员、中国美术家协会会员、中国作家协会会员、中国诗歌学会常务理事、中国徐悲鸿画院美术创作院副院长、山西省文联副主席、山西省书协顾问、山西大学和山西师范大学客座教授等。曾出席全国第八、九、十次文代会、作代会和第六、七届中国书法家协会全国代表大会，参加第十二届青春诗会、首届"青春回眸"诗会。书法美术作品先后参加全国公务员书法大展、全国职工书法美术作品展、"浙江·山西中国画联展"、艺术巨匠徐悲鸿真迹展暨国际美术作品展、中非民间论坛中国名家书画展（苏州）、澳大利亚与中国建交四十周年华人艺术家书画精品展（澳大利亚布里斯班）、中韩书法交流展（韩国）、中国名人书画艺术交流展（联合国）、中国（贵州）国际酒类博览会国际诗书画名家作品大展等，获得国际、国家各类大奖数十项。书画作品散见于《人民日报》《光明日报》《中国文化报》《书法报》《美术》等各大报刊和网络，有题书镌刻风景名胜区和碑林，并被众多场馆收藏，有书画作品被作为国礼馈赠国际友人和港台政要。2013年6月创作的美术作品《宏运》随神舟十号飞船遨游太空，在文坛艺苑享有盛誉。

雄鹰瞻远黛青葩。
习颜观鲁学怀素，
研帖临池尚古加。
坐阅桑田羁海客，
耕耘沧路走天涯，
淋漓泼墨无穷事，
歌赋诗词品格嘉。
宁武关人擎妙笔，
写成书画第名家。

新民写鹰观感

新民铺纸风霜起，
桀骜苍鹰画作殊。
身兀静思狐兔穴，
目狞俯视鼠蛇途。
盘旋一振入云去，
钩嘴三声掠地呼。
威势凛严成鸟帅，
狂歌饮露走平芜。

举家上海旅行

一歌一曲水东流，
唱响心歌沪上游。
坐看云天飞羽翩，
举声楼角穿霄头。
山高水长剖心出，
心旷神怡吐哺周。
自是残阳晚来照，
炯然深喜纳鸿猷。

张诗淇^① 玉人才满天

张目翘心望北辰，
诗家清景静修身。
淇溪细细照天际，
玉树氄氄逐路尘。
人在艺坛幽远志，
才高北斗必超伦。
满怀豪气吟秋月，
天道酬勤向炳麟。

---

① 张诗淇，中央电视台导演。

送瘟神

江城食客嗜鱧羹，
蝙蝠哀鸣泣涕声。
功在雷霆三将帅，
祸生河汉五侯鲭。
恶神播荡疫痰病，
院士分明疗毒清。
春雨春风润华夏，
无私天使洒甘成。

三友聚岚州 [1]

初夏岚州树成荫，
王总 [2] 烹茗叙高情。
浩文 [3] 欢饮来相送，
谈笑他年不可行。
逢泽甘来品佳境，
孙儿绕膝乐天成。
人生豪气已过去，
霜染青丝享太平。

---

[1] 岚州：山西省岚县，古称岚州。

[2] 王总：王亮富，岚县百货公司经理。

[3] 浩文：刘浩文，岚县人，原岚县环保局局长，笔者同学。

晋祠赏菊

金菊斗寒奇秀留，
蝶蜂振翅在花头。
绿波含笑仰天望，
青鸟传神俯地侯。
九月同窗汾水聚，
重阳照影晋祠游。
比来陶潜杯觞乐，
白首老翁不识愁。
林涧林香唱雅韵，
彩莲彩云尽风流。
勿言杨柳浓华露，
夕醉晚秋乐悠悠。

北京访恩师

斜阳晚照晓已凉，
相思疏源蕊暗香。
尘事催春情未断，
岁华羞涩意凄凉。
清风陪我见师老，
芳草相随写华章。
习字迷茫是幽梦，
尊师句句解愁肠。

忻州吟

碧水澄潭映远空，
紫云浮动御微风。
九原城阙疑天上，
三晋山川似镜中。
牧马河边萍已绿，
金山脚下槿初红。
古来圣贤横汾曲，
今日忻州畅志魂。

退休感赋

山河日夕竞风流，
育养哄孙解百愁。
桃李盛开好佳境，
兰芝方起蕙香柔。
闲时学道赏明月，
读帖修身上画楼。
返老还童非欲念，
神仙伴我乐悠悠。

珀斯探亲有感

小车推着外孙游，
相互交流不自由。
玛雅商场人涌动，
珀斯街上释烦忧。
风光优美勿忘语，
空气清和誉满球。
异域风情开口赞，
我思不用寸心投。

师生情

丁酉年正值霜降，元豹 、宝珍、浩文驱车来忻，拜望四十余年未见面的赵国栋老师和病中的陈培云老师，激动之余，吟诗一首。

丁酉霜降天已寒，同窗相聚叙初源。
纪元 ^① 即时设宴乐，元豹 ^② 念初无虚言。
宝珍 ^③ 举杯唱天籁，老师 ^④ 信手赠诗篇。
浩文 ^⑤ 斗酒抒情志，白驹过隙到暮年。
看望病中恩师老，含泪匆匆别亦欢。
品茗品人品才德，岚州布衣仍思量。
拜神拜佛拜菩萨，消得箴言住耳旁。

---

① 纪元：冯纪元，岚县人，笔者高中同学；
② 元豹：岚县人，笔者高中同学；
③ 宝珍：薛宝珍，岚县人，笔者高中同学；
④ 老师：指赵国栋，笔者高中老师；
⑤ 浩文：刘浩文，岚县人，笔者高中同学。

贺赵国栋老师寿辰

悬弧[①]令旦逢嘉月，

烂漫当头诞日疆。

曾唱弦歌师道授，

始丰桃李学风祥，

月清风暖青山翠，

花动云寒绿水长。

诸亲拜恩开寿宴，

今朝祝贺美肴香。

---

① 悬弧：指男子的生日，女子生日叫悦辰。

生日感怀

日躔[①]腊祭[②]举杯觞，
六十年翁也吐芳。
有愧母亲劬痛日，
无心儿子走他乡。
松青竹翠丰神秀，
日暖星明福寿长。
今岁搔首偷镜看，
皱纹好笑鬓成霜。

---

① 日躔：太阳视运动的度次。《文选·颜延之〈三月三日曲水诗序〉》："日躔胃维，月轨青陆。"吕向注："躔，次也。胃，星名。维，畔也……言日次胃星之轨行畔也。"
② 腊祭：古代岁中祭祀，笔者是腊八生日。

观林香同学《红海滩之歌》感赋

娉娉袅袅一重重，
红海情真恋念中。
风韵映空多绚烂，
娇姿斗月几玲珑。
秋风瑟瑟愁何尽，
夜雨潇潇梦不空。
珍重光华休踏碎，
好诗何惧眼蒙眬。

无题

碧水澄潭映荷开，
清风习习抚心来。
摩天丹笔写高韵，
智者书堂抒逸才。

望月

明月高悬似玉盘，
我思玉兔守宫寒。
云浮清影无穷处，
捧酒吴刚为道欢。

马兰花

林涧芝芙绕素葩，
带山带水带云霞。
马兰花发不争艳，
粉蝶流连展翅斜。

秋雨

秋雨绵绵长夜滴，
洒然残叶寒来急。
听声不得潜人言，
巷伯笑游诗句入。

梅花图吟

世人皆作梅花图，唯吾师钟天铎先生与众不同。先生设色浓丽而不妖，重色与淡色交相辉映。偶得一诗以赞。

忽见梅花树，枝条虬曲章。
凌云豪气志，映日壮心昌。
老健峥嵘客，粗疏缥缈芳。
龙盘山色秀，虎踞水声凉。
拟构深林俊，还开古径苍。
融为书法意，散作阵图张。
瘦石生苔绿，枯藤落叶霜。
幽然奇谲发，典雅韵悠长。

画梅

听得梅花三弄曲，
暗香悠远成千古。
傲霜珠玉笔端吟，
映日云烟纸上舞。
神彩丹青一品图，
雅风水墨百年树。
人生好似雪盈枝，
异卉顽山活泼泞。

黄山咏

万壑千峦满目新，
黄山无处不奇珍。
峻嶒突兀浮云海，
摇曳琼枝惊鬼神。

咏《伯远帖》①

东晋书坛王导孙②，
传文伯远帖唯真。
千年珍品称廉吏，
一代佳名启后人。
潇洒转折如晓日，
风流峭拔似初春。
任途遇挫前嫌弃，
报国还凭赤子珣。

---

①《伯远帖》：是东晋书法家王珣创作的书法作品。与《快雪时晴帖》《中秋帖》
并称为"中华十大传世名帖"之首的"三希帖"，亦被列为"天下十大行书"之一，
排行第四。现收藏于北京故宫博物院。
②王导孙，指王珣。王珣出身琅琊王氏，东晋时为丞相王导之孙，中领军王洽之子。

赠妻

日日娇妻为我康，
四时不减菜肴香。
同窗结发情多乐，
长握春风暖玉床。

隔离期满 ①

隔离相伴已经过，
心绪悠然揽爱河。
鬓老精疲非往日，
兴酣才唱自由歌。

---

① 己亥末，庚子初，全球大疫。吾与爱妻于己亥腊月澳洲探亲，本应 4 月 2 日返回，
因疫推迟到 8 月 23 日才回国，在广州隔离 14 天，9 月 7 日回到山西忻州。

第三辑：词 |

满庭芳·京华学书感怀

　　阵阵清风，花枝微谢，单衣不奈凄神。驱车北上，出道拜师门。年久涂鸦伏案，回首看，草草纷纷。斜阳照，纤云使巧，书艺苦难真。

　　销魂。当此际，尊翁①口授，薄雾清芬。细读圣贤书，愚钝无伦。匆促京华离去，耳回旋，句句留痕。佳期在，扪心暗想，年老已黄昏。

①尊翁：指钟天铎老师。

玉漏迟·春节

金鸡辞旧岁，狗年报到，岚州春早。日朗风清，竹爆渐催芳草。仍旧寒风瑟瑟，还是那、拜年嬉闹。家院俏，敬老爱幼，言谈争笑。

平生赋得勤劳，看岁月无情，恰消年少。踏浪穿荆，屡见几声呼好。赢得人间至爱，不过是、掏心存照。搔首晓，白丝又添多了。

水龙吟·公证案卷阅读有感

春风送绿鲜荣，年年岁岁相依旧，键盘低唱，文书翻阅，月牙时候。正义公平，事途难料，真情长久。度矩成方尽，法章融洽，和谐处、人间有。

公证修堤防线，如芳醇，履行难又。日增树彩，修身成就，功名也瘦。浮利风吹，释然出秀。燕莺振翅展歌喉，朗朗微辉宇宙，健康仁厚。

浪淘沙·立夏聚并州

立夏聚并州，同学风流。青春不逝乐悠悠。筋宴小云^①欢快乐。还亮歌喉。

叙旧解千愁，自古常留。白头老叟韵何求？万卷^②其山^③垂友爱，顺势而收。

---

① 小云：即芦小云同学。2017 年夏芦小云同学设宴组织部分同学聚会。

② 万卷：喻博学。指何其山同学撰写的《漾舟掬澜》一书。

③ 其山：即何其山同学。

诉衷情·当年同学一扁舟

当年同学一扁舟，研读月满楼。师生酿得情浓，心志曲中流。
韶华退，鬓成秋，别离愁。此生伴作，母校厚德，挽在心头。

好事近·翰墨书妆台

欣闻建聪兄《书妆台》微信书展 500 期，不禁美之慕之，遂填词《好事近》一首以贺。

翰墨上妆台[①]，舞起一帘春和。崔氏[②]耕耘深处，写得繁星贺。

怀仁德厚气如兰，晨起守书课、修炼"二王"[③]如玉，有道情趣过。

---

① 上妆台，指崔建聪书法家举办的微信书展台。

② 崔氏：即崔建聪。

③ "二王"：即王羲之、王献之。

鹧鸪天·端午

仲夏端阳登高楼，青山绿水眼中游。舞低粽叶裹红臂，挂起菖蒲醉白头。

思杳杳，忆悠悠，生年如梦水东流。《离骚》一曲忠魂在，元亮①悠然不解愁。

---

①元亮，即陶渊明，字元亮，别号陶潜，私谥"靖节"，世称靖节先生，浔阳柴桑（今江西省九江市）人，东晋末至南朝宋初期伟大的诗人、辞赋家。

水调歌头·念旧

潇洒岚河岸，梵呗白龙山。同窗聚会，旻泉携手话当年。往事萍飘逝水，犹记读书面对，学习苦无言。师生别离恨，岁月化心寒。

人渐老，酒罢去，菜飘焉。无须愁苦，世上金碧切言欢。岁月如歌谱就，倦了纤尘痴醉，欢乐我郎贤。心静养身健，闲坐看波澜。

沁园春 · 叙旧岚州

红日彤彤，照我同窗，叙旧岚州。忆高中岁月，读书风细，校园英气，邀月星稠。厚谊真情，挑灯含笑，唯有师生竞皎流。学书罢，春光正好处，壮志勤酬。

四秋五年①心投，韵华退、青丝变白头。赞同窗若谷，无穷友爱；虚怀师长，八十方遒。洒泪相逢，行藏恨晚，句句唠叨无所求。茶当酒，可比岚河水，情意长留。

---

① 四秋五年：指作者1973年岚县中学毕业，到2018年高中7班师生聚会整四十五年。

青玉案·游饮马池①山

　　松杉苍翠参天绝，尉迟恭，归骢歇。只叹此山无界碣。江山千古，饮泉池月。待战多情设。

　　柳枝垂叶毵毵泄。吾与师尊久离别。携手登山今乐说。心香如愿，厚情谊烈，细把芳时节。

---

① 岚县饮马池位于岚县北部与苛岚县交界的河口乡，距离县城有四十余公里，为"岚阳八景"之一。传说景区内有一泉池，方可丈许，水清见底。相传唐时尉迟恭被贬岚县赤坚岭牧马，数年未得一良马，他对此闷闷不乐。一晚，梦见一神告他："你无良马，何不去渥窝池中去取？"第二天他去渥窝池，果见一马在此饮水，膘肥体壮，神俊异常，尉迟恭便跨骑而去。以后，渥窝池便更名为饮马池。

折桂令·同学喜聚旻泉 ①

聚旻泉、歌吹风流。靓女才男，喜乐庭楼。几许年华，三生 ② 醉梦，人事何愁？

问音信，开心当留。共杯觞，说笑言酬。聚散还收，云树萧萧，河汉悠悠。

---

① 旻泉：山西岚县旻泉宾馆。

② 三生：佛家所说的三世转生，即前生、今生和来生。

浣溪沙·秋

萧瑟秋风叶正愁，薄云淡雾燕知秋。残阳念旧照层楼。

借问功名知几许，时光如水向东流。物华苒苒苦情愁。

玉京秋·腊八庆生辰

今腊寿,冬残快融暖,谷粮蚕豆。煮粥迎春,瑞烟度韵,清风除垢。知己觞杯泛斝,意纯绵,肴酒情厚。求诗酒,一襟牵挂,叙叨怀旧。

把笔填词辞手,庆生辰,青春抖擞。念母滋儿,餐风吞露,心歌传授。母爱风流,孝只孝,儿辈羞于难守。只能够,祈祷慈母长寿。

清平乐·咏《祭侄文稿》①

清臣②书趣，入木崩云具。撰得多情文稿语，重露史书始许。

太守谋略多图，浩气忠骨义殊。巨笔如椽蘸血，真情似雪冰壶。

---

①《祭侄文稿》：全称为《祭侄赠赞善大夫季明文》是唐代书法家颜真卿于唐乾元元年（758年）创作的行书纸本书法作品，现收藏于台北故宫博物院。《祭侄文稿》与东晋王羲之的《兰亭序》、北宋苏轼的行书《黄州寒食帖》并称为"天下三大行书"，亦被誉为"天下行书第二"。

②清臣：即颜真卿，生于唐中宗景龙三年（公元709年），卒于唐德宗贞元元年（公元785年），终年七十七岁。琅琊临沂（山东临沂）人，字清臣，楷书端庄雄伟，气势开张。行书遒劲舒和，神采飞动。他是唐代著名的政治家、书法家，进士出身，在任平原太守时始闻名于世。

清平乐·旧照片观感

2018 年 8 月 3 日，高中同学相聚后，同学们委托我编相册，当看到同学们的旧照片，感慨良多，遂填词以念。

　　睡眼新裁，便忆花时态。时路匆匆撞满爱，旧照朱颜未改。

　　物是人迹流年，忆君游历何缘。天极芳洲关注，一样晓畅秋残。

鹧鸪天·九月金风泪不干

丙申之秋，时维九月，吾山西大学中文系七六级甲班部分师生相聚并州，感三十八年离别之念，怀三十八年同窗之情。遂填词以抒怀。

九月金风泪不干，同游学海醉书年。晋阳立得人生志，歌唱桃花天道缘。

浮往事，论华年。桂花时节约重还。雅风翰墨芝兰韵，一片情真梦有言。

浣溪沙·清晓习风拂面游

清晓习风拂面游，同窗相聚是离愁。小楼一席话相投。

矍铄韵光情意重，风流岁月坦途优。桑榆夕照我心修。

生查子·咏《兰亭集序》①

三春聚群贤，曲水兰亭禊。雅言有余馨，风韵高吟意。
翰墨爱山阴，逸少②怀清丽。大象放形骸，梦笔生幽事。

---

①《兰亭集序》：是晋代（353年）书圣王羲之在绍兴兰渚山下以文会友时，写出的"天下第一行书"。

②逸少：即王羲之。

南乡子·咏黄州寒食帖

把酒酽春光。奇宕多姿笔墨长。穷尽世间烟雨事，书香。豪迈词家挺脊梁。

官谪在"南荒"①。岭上山川爱满堂。变化侧敧《寒食帖》②，茫茫。奋笔诗篇恨断肠。

① 南荒：指南方荒凉遥远的地方。苏东坡花甲之年被贬海南，公元1097 年的大宋，海南还是一块未开化的蛮荒之地。被贬海南是生是死不得而知。他写下"九死南荒吾不恨，兹游奇绝冠平生"的诗句。

② 《寒食帖》：又名《黄州寒食帖》，是苏轼撰诗并书，墨迹素笺本，被称作"天下第三行书"。

采桑子·春韵

踏青时节清明好，嫩草红花。柳舞烟霞，淡淡闲云山漫纱。

林间蝶翅戏双燕，满目清嘉。心旷清华，神采山川处处佳。

减字木兰花·芒种

猪年暑到，柳树阴阴荷炫耀。螳雀今生，芒种时芳雷雨惊。

彤云影罩，鹦鸟往来声畅叫。仲夏田丰，南北农夫忙事同。

雨中花令·小满

　　小满逐暖生绿树，冷风随着三春住。麦粒仁圆，子规声唤，希冀年丰处。

　　早晚夕阳烟柳暮。老翁无聊心无数，独坐茶台，偶临《书谱》，问帖书消赌。

卜算子·咏残荷

疗养正冬寒，少俊生成暮。好似残荷萎玉身，娇去芳魂著。
风卷任打磨，雪重休言苦。枯柳残枝浑似我，到老春常驻。

诉衷情·秋空万里海天连

2009 年秋送妻子广州学习感怀。

秋空万里海天连，归途晚风酸。送君琼州启航，皓月照人还。

斟美酒，念天缘，夜生寒。展怀幽梦，心在君旁，无限思言。

采莲令·寒衣节

祭清明，云淡寒香住。轻烟绕，此时情苦。世间总是隔阴阳，掩泪坟茔处。千思念，盈盈伫立，无言有泪，断肠追念回顾。

火烛青钱，浩渺缕缕青烟去。寒衣寄，晦冥寒户。孝儿贤妇，跪祭祠，静卧长眠祖。恨之恨，阴阳难见，遥遥天外，盼祖似神灵祜。

陌上花·人生

　　吟诗陌上归来，消得律词心换，晚照斜阳。收尽眼膛天远。碧桃绿柳多情事，一看一回肠断。此征途，道不尽情还乱，水流云散。

　　一生缘，是爱销魂处，苦泪丹心相伴，草径凝香，笑看美文心暖。发垂两鬓云中看，藏满沧桑无怨。问韶华尽有？高腔豪迈，化为浑懒。

鹧鸪天·和谐使者公证人

　　和谐使者下层楼，尽公一片话谈稠。人间多少惆家事，恚忑相安心自愁。

　　书历史，证还酬，一书一证也风流。人情世故喧嚣处，满院芳华公道留。

蝶恋花·最苦勤劳公证处

最苦勤劳公证处，洁袖清廉，踏遍清秋路。眼底仁心已留住，垂杨道是和谐树。

壮怀千里魂飞苦。如诉笺书，证证依规主。办证路程还几许，人间荡尽尘尘土。

洞仙歌·读郭新民《红竹》画有感

　　竹红画就，乘舟芳尘秀。问道云间几人有？尚温情、淡韵寰宇遨游。润雅格、云海碧天时久。

　　穿越星河汉，画醉悠悠。谁想年华面容皱。老悴白发生。书画兰心，临碑帖，书痴吹瘦。推窗望、鸟啼百花红，又道是、流年夕阳依旧。

浪淘沙·小雨间微风

　　小雨间微风，绿草花红。人生百态，雾蒙蒙、生活旅途身是客，名利成空。

　　一笑喜相逢，淡淡人丛。心清心净别离中。一草一溪皆路过，流水匆匆。

虞美人·彩虹西照青丝舞

　　彩虹西照青丝舞。人事迢迢渡。满颜皱褶惹尘浮。唯有心知几许，几许鸟鸣喉。

　　桑柔弄巧蚕丝吐。作茧帘深树。碧波烟霭得良图。苍竹垂青自醉、酒一壶。

南乡子·旧谱研读

　　研读笺书，斜阳入户百花姝。虽是一生平淡月，趣悦。道德无根我散阔。

南乡子·瑞雪飘飘

　　冬月雪花飘，开眼风光万里娇。山野神怡言好事，陶陶。静观苍茫气韵高。

　　年少化笙箫，快乐孩提变作谣。莫道白头无俊俏，逍遥。曲曲心歌挽玉涛。

采莲令·观卢补良①鼓吹有感

乐章收，唢呐开天曙。工尺谱②、九孔③情苦。碧山秀水泛芳心，脉脉补良注。《三对面》④飘飘逸逸，莺甜燕逗，醉吹万人千户。

古乐吹手，笙箫齐鸣声声路。《八大套》⑤柳枝欢舞。乐堂方寸，再看那、吹打鼓吹诉。最企盼、八音晋北，光芒齐射，传承共享成慕。

---

① 卢补良：男，艺名小狗，1960年生于今忻州市忻府区解原村农家。民间艺人，十六岁学艺，1987年组建鼓乐班，名声远播。1995年录制《事筵》MTV在全国百家音乐电视剧评选中获金奖。1998年被省山西民间文艺家协会授予"山西省民间唢呐吹奏家"称号，2004年获"山西首届民间吹打乐大赛最佳演奏奖"。同年获全国第十三届群星奖山西选拔赛金奖，第六届中国民间艺术节金奖。2006年获"第七届中国民间艺术节"飞花奖、"全国吹歌大王"。2010年先后三次应邀赴中央音乐学院参加"世界音乐周——暨中非音乐对话""第二届中国管乐周"等演出。

② 工尺谱，是我国汉民族传统记谱法之一，因用工、尺等记写唱而得名，源于唐朝时期。

③ 九孔，指唢呐有九个孔发声。

④《三对面》，是包公斩陈世美《铡美案》剧中一折戏，是我国非物质文化遗产的有机组成部分。

⑤《八大套》，民间鼓吹乐，因有八首大套曲而得名，简称"八大套"，流传于山西省五台、定襄、忻州、原平等地。

忆秦娥·托梦

路仍就，萧萧枫叶层层厚。层层厚，祖奶托梦，抹平心皱。

孩提顽劣玩皮够，手粗抚爱情依旧。情依旧，祖宗福佑，终身坚守。

浣溪沙·与荣立^①同学相聚

清丽晓风云暖游，同窗荣立访忻州。品茶论道翰词讴。

勾就校园笺笔路，老来相望白丝头。情深意兴入高楼。

① 荣立：原荣立，笔者的山西大学中文系同学，就职于原山西省林业厅。

忆秦娥·亲情切

亲情切。长空万里伤离别，伤离别。珀斯风韵，鬓华云月。

滞留疫阻成思结，思亲盼念心酸裂，心酸裂。多情儿女，心许时节。

长相思·风也愁

风也愁，雨也愁，瘟疫猖狂何日休？回时然是秋。

词源流，字风流，字字归心思远悠。清风在树头。

清平乐·咏残荷

泠泠夜雨，便觉清秋许。玉骨梦中心未悟，残挺秀枝风舞。

往日娇艳俱无，洗涤铅色尘除。懊恼芳魂且住，褪粉收语香无。

玉楼春·春入梨花琼苞雪

春入梨花琼苞雪，犹似娇娥开面列。蝶翻轻舞草依依，望断青烟歌遍彻。

醉写夕阳青柳屑，欣庆此身情切切。老夫壮气寄余生，笑带碧埃邀明月。

声声慢·秋深风细

　　秋深风细，雾雨蒙蒙，鸟鸣花娇欲泣。可叹坎途已够，最难情抑。看那溜须甜透，到头来、囚锁深寂。名利收、失自由，自悟问罪流洗。

　　皆言读书得意，难道是，而今再无新汲？守着孙儿，正是老来游奕。修书更兼乐趣，路还长，点点滴滴。这气节，怎一个旷逸了得。

浪淘沙·何处觅芳踪

何处觅芳踪？衰草青松。一帘烟雨也蒙蒙。老翅寒鸦轻掠影，飞入林丛。

孑影湿双瞳，此恨无穷。余年温梦与谁同？几许凄凉涸鬓底，还记情浓。

清平乐·往事迢迢
——赠原荣立同学

相逢如梦。回忆心相共。千斛酒酣浮彩凤，苍老情浓一种。

孙子膝下嬉遨，惆怅随手金消。一样暮云残月，芳草怀满飘飘。

水龙吟·有感微信同学群

　　四十年如初，寒窗苦吟相处，流年响绝，三年别断，思他日暮。各奔他乡，物无非是，此身良苦。是声声点点，如歌仍就，梦回首，君知否？

　　芳草校园伴侣，得全了俺们夫妇。浮生老骥，几行热泪，生来有谱。岁月蹉跎，百般恩爱，玉颜如故。念多情、但有天公庇护，好儿姝女。

卜算子·生活

堤长柳叶垂，小院娇柔舞。真是铅华随水流，无有回头处。
往事与谁争，牵手斜阳路。拣尽柴油酱醋茶，礼重唠叨助。

清平乐·思念

秋风乍起，花落香流地。鸿雁南飞鹰归矣，想念儿女心寄。

夕皓独照高楼，远离海外难偶。梦绕天涯何处，迷蒙醉眼西流。

瑞鹤仙·黄昏

斜阳铺满路。漫步看松花，蕙风轻步。草黄叶红处。想人间冷暖，谁人呵护？自寻辛苦。却弄得、老来无助。问东风，一笑嫣然，坎坷心曲难诉。

且住。仰天长笑，雪后松梅，百花休妒。酸甜辣苦，如歌岁月领悟。读点书，只解寻桃觅柳，开在心枝蒂固。不伤心，欢乐黄昏，美名有数。

太常引·雪

丁酉初冬第一场雪，画廊独坐饮茶，遂填词《太常引·雪》以抒怀。

满天飞舞峭寒生，人在画廊行。闭目思兰亭^①，望窗外，凉霏玉声。

无边银色，无聊心绪，独处冷清清。尘事有分明，品茶韵，催人梦醒。

---

① 兰亭，即《兰亭集序》。

渔家傲·展翅贵鹏云正舞

悉闻歌手贵鹏演唱会在即，夜不能寐，兴之，遂填词《渔家傲》以贺之。

展翅贵鹏①云正舞，歌星来自土生②处，天籁之音归有所？天问语，勤学消得荧屏驻。

拜师志兰③师从渡，五音六律惊人路。求艺路春修身去。歌休住，九天长韵高风举。

---

① 贵鹏：即高贵鹏，歌手，临县人。

② 土生：指山西临县克虎镇农家出生。

③ 志兰：高贵鹏的老师郑志兰，就职于煤矿文工团。

满江红·西湖吟

雨息新晴，山川静，寒空寥廓。游西湖，蓼烟疏淡，芰荷萧索。夕照断桥楼艇望，尽修情爱伤漂泊。看此景，风物亦含情，心承诺。

西湖美，烟漠漠。诗如画，词方略。苏堤通六桥，竹魂梅魄。曲院残荷平晓月，六和塔影青花幄。真个是，曲曲韵仙歌，寰中乐。

浣溪沙·微信聊天

微信聊天，既开心，又增情。今有所感，遂填词《浣溪沙》。

　　微信谜灯落墨花，杨枝无意映窗纱。同窗情厚拥红霞。
　　两鬓染霜何所惧，静恬读礼品红茶。儿孙嬉闹善良家。

浣溪沙·肉肉花

残雪消融春暖楼，杨枝千言说风流。读书悟道写春秋。

肉肉花开迷容醉，软风徐荡铁刀钩。临完《书谱》赏花头。

浣溪沙·细雨润滋绿叶光

读学兄马世豹之《水调歌头》^①，感触颇多，一生无为，愧对夸赞。
遂填词《浣溪沙》叹之。

　　细雨润滋绿叶光，万条柳线曲词扬。学兄夸赞字生香。

　　岁月蹉跎斜照看，不忘往日读书郎。草书消得是轻狂。

---

① 马世豹词《水调歌头·明墨轩印象》

附:

水调歌头·明墨轩印象

马世豹

　　读了《中国美术家》上明墨轩的《忻州赋》《书法之美》等四篇文章和"右军大醉"等六幅书法，钦佩不已。联想之前与他的晤谈，感慨良多。遂成此，聊表胸意。

　　学友多才俊，文豪明墨轩。腹有诗书万卷，笔下涌波澜。赞美江山锦绣，咏唱黎民喜乐，挚爱溢其间。词赋书法册，炫目动心弦。

　　成果璨，声名起，自苦寒。五十韶华荏苒，心血铸宏篇。几度拜师问道，几度朝夕寻幽，知音伴彩莲。实至名归日，精进正犹酣。

浣溪沙·元夜华灯载酒游

元夜华灯载酒游，繁华如梦忆从头。论书烹茗话语稠。

邀得新民来我处，泼香写竹一毫收。忘言相对上琼楼。

临江仙·秋风添香心已醉

秋风添香心已醉，年年景色如初。烫壶老酒看藏书。临摹帖意，惮怕手生疏。

童心犹在寻趣乐，行文总是模糊。好乖妻伴不零孤。韶华尽褪，迷眼赋诗书。

忆王孙·绿荫晴液郁金香

　　绿荫晴液郁金香，秋意凉寒夜更长。晚卧欹床胡考量，月茫茫。勾起幽怀在故乡。

越调·凭栏人·清明祭祖

谁写清明思恻然，妆点纸烛愁断烟。芳蔬祭祀年，泪垂坟墓边。

念奴娇·双钩魂

2019 年 6 月 23 日，太原长风商务区山西大剧院东广场，本家兄弟杨拴明在 814.269 平方米的宣纸上用毛笔书写"一笔空心字"，共计 4314 字，1350 页，成功挑战吉尼斯世界纪录称号"最大折页书"。兴奋之余，填词《念奴娇》以赞之。

凭栏眺望，问书坛狂客，谁为豪杰？是以岚州魁桀俊，椽笔匠心清徹。王道仙风，纸宣圆梦，一笑高纯绝。拴明翰墨，写成酥雨甜月。

我醉拍手双钩[1]，张芝[2]佳境，子敬[3]中秋帖。八百米长卷秀色，十五时冲天血。笔走龙蛇，飘然逸气，铁线如飞雪。回文书意，吉尼斯工夺。

---

[1] 双钩：书法术语。复制法书的技法。法书上石沿其笔面的两侧外沿以细线钩出称为"双钩"；一种书写"空心字"的技法。

[2] 张芝（？-192 年），字伯英，东汉书法家，"草书之祖"。

[3] 子敬，王献之（344-386）：字子敬，小名官奴，汉族，琅琊临沂（今山东省临沂市）人。东晋外戚大臣、书画家，"书圣"王羲之第七子，简文帝司马昱女婿、晋安帝司马德宗的岳父。王献之精习书法，与其父王羲之并称"二王"，拥有"小圣"之称。

浣溪沙 · 相聚晋阳

汾水岸边送酒香，唐都^①相聚友情长。故人一席拉家常。

欢宴三杯歌缭绕，新词一曲唱悠扬。夕阳晚照鼓萧簧。

---

① 唐都：即山西唐都生态园。2016 年 9 月 10 日，山西大学中文系 76 级甲班同学相聚在太原唐都生态园。

鹧鸪天·草芽破土入嫩凉

己亥年戊辰月壬辰日（农历三月二十一）女儿和外孙回澳洲珀斯，老翁我送其母子至广州白云机场，别后思亲，感慨万千，填词《鹧鸪天》，聊以自慰。

草芽破土入嫩凉，柳丝舞袖荡堤长。野山唤起梨花浪，春水吹弹杏子香。

送孙去，迎朝阳。我乘飞机路茫茫。人间自有佳时在，却笑家翁弄小郎。

渔歌子·读书

伏案书斋阅古今，孤灯清寂沐甘霖。习雅韵，探繁音，淡泊名利莫辞深。

眼眉儿 · 清坐长廊掩林霏

清坐长廊掩林霏，凉气透单衣。丹青圆梦，书追古影，明月风稀。
友人相聚心相待，旧事总伤离。盈盈情契，铅华已去，问道同携。

浣溪沙·彩云同学喜宴有感

2013 年 8 月，参加王彩云同学为儿子举办的婚宴，遂填词《浣溪沙》以贺。

了了一尘江水长，淡然人迹着思量。彩云谈笑曲中望。

儿子有情君满意，朵颐妙语似沉香。手牵有爱荡回肠。

沙塞子·呼唤声声心腑

呼唤声声心腑，谁引荐，酒还愁。浪木^①送香成路，学须修。
逐日举杯追述，书道远，忌沉浮。毫墨飞花《书谱》，水长流。

① 浪木：即李浪木，《中华国粹》杂志社社长。

点绛唇·赞西张冯氏豆腐干 [1]

别样幽芳，豆干一片香留住。刘安 [2] 传布。且为餐花住。

冯氏传承，品质开尊许。还留取、西张豆腐，养血修身助。

---

[1] 西张冯氏豆腐干：山西省忻州市冯氏豆业加工厂加工。豆业加工厂创建于1999年，现有封闭式生产车间4800平方米，日生产豆制品15吨。

[2] 刘安：西汉时期文学家、古琴演奏家。汉高祖刘邦之孙，淮南厉王刘长之子。主编《淮南子》。刘安是中国豆腐和豆浆的创始人。明朝李时珍在《本草纲目》中说："豆腐之法始于前汉淮南王刘安"。

水龙吟·伟厦广业①颂

　　千千田野②金波，高原③岚翠垠无际。岚州眺目，秀容④御苑，日高壮丽。银慧⑤通衢，华鼎⑥科技，和衷共济。看伟厦广业，怀诚持玉。安居⑦创、东兴⑧起。

　　吐慧白龙福地，有篮球、共磋技艺⑨。金坤⑩德厚，风骚独领，杨门⑪忠义。岁月云藏，栉风时雨，苦劬明志。亿嘉⑫凝黛碧，知机积善，迭升新意。

注：此词嵌伟厦广业集团公司所属的 11 个公司

---

① 伟厦广业：即山西伟厦广业房地产开发集团有限公司。

② 田野：岚县田野国际饭店有限公司。

③ 高原：山西高原工程有限公司。

④ 秀容：岚县秀容便民市场。

⑤ 银慧：岚县慧融村镇银行。

⑥ 华鼎：岚县华鼎现代农业科技有限公司。

⑦ 安居：岚县安居物业管理有限公司。

⑧ 东兴：岚县县城东村。

⑨ 有篮球、共磋技艺：山西斯锐特体育文化发展有限公司。

⑩ 金坤：岚县金坤混凝土有限公司。

⑪ 杨门：指伟厦广业集团公司的董事长杨栓明、总经理杨贵明。

⑫ 亿嘉：山西亿嘉文化传媒有限公司。

虞美人·师生畅叙

　　1973 年高中毕业后，再未见到高中时的物理老师赵国栋先生，丙申年暮春，与老师在我的工作室相见，甚欢。老师年逾古稀，虽有耳背，但不失当年神采。遂填词《虞美人》以记。

　　风追丽日天空朗，燕子清歌唱。人生弹指有思量。只道一回相见一回肠。

　　师生畅叙无须酒，茶话情相守。彩云春水带轻霞，论道谈诗求得品俦佳。

定风波·又见西湖

又见西湖笼碧纱，残荷听雨唱明霞。行到河堤开眼眸。烟雨。粼粼波彩洗年华。

浙大[1] 提升修法要，微笑。斜阳晚照脸边花。岁月如歌琴瑟处，归去，诗书作伴好还家。

---

[1] 浙大：指浙江大学，庚子年作者在浙江大学参加法律培训。

西江月·冬至

冬至一阳初动，日迟夜久风吹。逢壬数九赤心回。阳气回升交会。

斗柄北方星象，祇神感德生辉。天人合一远思归，五酒三茶年味。

第四辑：赋 |

师生^①情礼赞（并序）

　　戊戌之夏，六月丁卯。是日也，吾高七班师生接踵而至岚县旻泉宾馆。红日彤彤，清风徐徐。举觞属酒，为情相聚。诵师生之情，叙离别之念。念同窗锦绣才华之馨，感师长传道授业之恩。次日，师生相携，游嬉于饮马池山。远眺岚州之山水，近观师生之神爽。杖助拾级，环视左右，树木参天，汗洒大地。苍山翠柏，蔓草芳芩，顾而乐之。遂作斯赋。是为《师生情深》影册之序。其辞曰：

　　春来春去，月缺月圆。离合聚散，梦绕魂牵。春月有意，寄一束师生之情愫；分久聚合，托一片砚台之思念。遥想当年，吾辈犹如长鹏展翅冲霄汉；入学岚中，我等仿佛破晓峰嶂见曙光。初始元，豹生威。同窗两载，逝水流年。炼体魄，篮球场。啸虎林涛，歌震四方。东阳涧，鞋坡梁。插秧造林福明旺。课上课下，钻研皆有谋，英英一堂怀旺德；校内校外，师生心相连，生生不息聚东亮。修四道，无私奉献五福全；国栋梁，读书求学似海洋。善听师长之教诲，似如珍宝投怀以自强；品读同窗之美德，宛若深海珍贝闪银光。

　　冥冥中，饱蘸日月之精华，写下浩浩文章；朗朗间，尽吸天地

---

①文中嵌有38名高中师生的名字以作留念。老师：叶长鹏，陈晓峰，赵国栋，李振永，张四道。　同学：刘元豹，刘虎林，程林福，马谋英，杨怀旺，李怀德，袁东亮，董福全，陈如珍，薛宝珍，杨海珍，刘浩文，邸玉萍，杨亮明，牛亮明，欧阳春英，王在兰，李亮俊，杨俊明，狄桂兰，张慧莲，薛栓红，王玉英，牛栓柱，李保林，李完花，王元则，袁乃旺，史林栓，王玉林，段白兔，张天明，曹明旺。

之灵气，纵览煌煌圣贤。唯其美，我同窗：玉萍映日月，曜曜亮明光。春英落婆娑，纷纷在兰芳。亮俊明松茂，丹桂兰馨香。看取慧莲净，拴柱红海檫。玉英檀蕊乃透香，无穷完花味犹长；盈保林葱常咏叹，珠藏玉蕴水流芳。

噫吁嚱！两年同窗，大爱至刚。师长风韵，卓尔不群有遗篇。砚台守拙，抱元则福挺脊梁。我同窗，融入社会腾蛟浪，万千行业写华章。领导者，秉公为民来领航；经商者，诚信为本声远扬；公检法司者，不辱使命保平安；文教卫生者，灵魂工程唱大江；归田园者，造福子孙在山川。美哉！壮哉！大好河山，星光灿烂。一代风流，还看我同窗。

白驹过隙，四十五载弹指过。铅华已退，风韵犹存仍绵长。母校风骨，师德高尚。丹青风雅，同窗承传。君不见，师翁耄耋神矍铄，壮怀无限老弥坚。同窗花甲平凡过，永葆初心乃旺全。君不见，山藏温玉林润，诸君润林拴洁缘。天明一笑我弄孙，白兔捣药恨无常。芳草萋萋，夕阳晚唱。高歌一曲，子孙永昌。

歌曰：

> 45载相聚兮，醉心缘。
>
> 思君念君兮，情难忘。
>
> 高山景行兮，云飞扬。
>
> 友情常在兮，吐余香。
>
> 金声玉振兮，永浩荡。

2018年8月19日

导师孟玲金婚赋

丁酉壬子，是日丁丑，适逢导师孟玲[1]与夫李智良金婚吉日。仰先生锦绣才华之馨，感先生怀仁敦厚之德，念先生传道授业之韵，敬先生相敬如宾之情。先生金婚，弟子拴明，以作赋，贺之！敬之！是为序。辞曰：

噫吁嚱！德智良[2]辰[3]书写齐眉金婚日；孟冬玲[4]珑敏行举案五十年。共挽振国[5]乐，宜家宜室心相契；同心拴明[6]月，为国为民倾衷肠。梅绽嫣红柳垂碧，夫妻恩爱似海洋[7]。结凤世鸾交凤友情满山川，尽今生燕侣莺俦山高水长。竹舞流霞，女儿孝如浪花簇簇；莲挺净植，父母爱若溪流朗朗。

如斯夫，垂髫之年，妍妍[8]盛开，军营生活兮喜尝军旅生涯；碧

---

① 孟玲：著名声乐教育家，解放军艺术学院硕士研究生导师、教授。

② 智良：李智良，孟玲之丈夫。

③ 辰：梁辰，孟玲之学生。

④ 玲：孟玲导师。

⑤ 振国：刘振国，孟玲之学生。

⑥ 拴明：杨拴明，孟玲之学生。

⑦ 海洋：于海洋，孟玲之学生。

⑧ 妍妍：庄妍妍，孟玲之学生。

玉年华，晶晶[1]荧歌，师从淑珍[2]兮宛如百灵婉唱。

西藏山川，天高日晶漪[3]生岚出；成都军营，宏伟[4]壮丽谱写诗篇。信矣哉，赖吾师乐坛领航：育贤人，唱山岗。展歌喉，履严霜。存民心，照穹苍。无私念，有热肠。仪容俨雅婕[5]好才，冰清玉洁[6]吐芬芳。吴淞男[7]儿凤所爱，得意声歌还教传。璇璇[8]隐曜接厚芳[9]，珊珊[10]玉步勇[11]呈章[12]。挚爱娜[13]美唱大风，清爽[14]妍玉志向远。一涵[15]秋冬[16]竹青[17]翠，学子璧媛[18]成脊梁，曾何旭[19]升梅艳红[20]，此诚

---

[1] 晶晶：董晶晶，孟玲之学生。

[2] 淑珍：郭淑珍，著名声乐教育家，孟玲之导师。

[3] 晶漪：任晶漪，孟玲之学生。

[4] 宏伟：王宏伟，孟玲之学生。

[5] 雅婕：郑雅婕，孟玲之学生。

[6] 玉洁：孙玉洁，孟玲之学生。

[7] 淞男：郭淞男，孟玲之学生。

[8] 璇璇：唐璇璇，孟玲之学生。

[9] 接厚芳：孟玲之学生。

[10] 珊珊：刘珊珊，孟玲之学生。

[11] 勇：曾勇，孟玲之学生。

[12] 呈章：王呈章，孟玲之学生。

[13] 娜：徐娜，孟玲之学生。

[14] 爽：曾爽，孟玲之学生。

[15] 一涵：毛一涵，孟玲之学生。

[16] 秋冬：梁秋冬，孟玲之学生。

[17] 竹青：谭竹青，孟玲之学生。

[18] 媛：王媛，孟玲之学生。

[19] 何旭：孟玲之学生。

[20] 艳红：孙艳红，孟玲之学生。

可哈辉^①珠光。

军艺展才情,万世劳其形,寄山水情意。后方成英雄,百忧感其心,寓鸟语花香。从前沿,转后方,蕴天地之和刚^②,旷古流长;成博导,沧桑情,一秋敏^③于生命,稻谷花香。一调一音一耕耘,一字一情一唱腔。一事一道一声韵,一咏一和一铿锵。莘莘成器乃孟师之砥砺,个个为龙^④是玲导^⑤之所彰。

赞曰:平生树桃李,巧铸艺琳^⑥琅。士佳欣^⑦所得,乐坛正含彦^⑧。日丽燕^⑨新归,小燕^⑩息有堂^⑪。莺来燕飞去,文燕^⑫沐吉祥。动乎摇其精,一世京^⑬华彰。泽旺多吉^⑭日,祝师福寿长。

金婚同庆,融融朗朗。枝叶硕茂,麟趾呈祥。

丁酉年壬子月丁丑

---

① 哈辉:孟玲之学生。

② 和刚:刘和刚,孟玲之学生。

③ 秋敏:马秋敏,孟玲之学生。

④ 龙:赵龙,孟玲之学生。

⑤ 玲导:孟玲导师。

⑥ 艺琳:王艺琳,孟玲之学生。

⑦ 佳欣:刘佳欣,孟玲之学生。

⑧ 含彦:颜含彦,孟玲之学生。

⑨ 丽燕:钟丽燕,孟玲之学生。

⑩ 小燕:曾小燕,孟玲之学生。

⑪ 有堂:熊有堂,孟玲之学生。

⑫ 文燕:庄文燕,孟玲之学生。

⑬ 世京:马世京,孟玲之学生。

⑭ 泽旺多吉:孟玲之学生。

忻州赋

美哉忻州，古称秀容，"晋北锁钥"，举世名城。东屏太行崇岭，誉满寰瀛；南襟三晋省府，道畅纵横；西倚黄河浩瀚，激浊扬清；北据大同要塞，气吞霄汉。神山圣水引四方朝拜，伟人名家招八面风情；汾河翻浪为之始，无数英雄在此呈辉；佛光普照为之首，千年城郭因其名扬。

忻州之美，美在史典。夏禹治洪化九州，突显九峰；东汉建立，名为"九原"。北魏称"秀容"朝代更变；隋公定"忻州"杨坚统纲。九龙之根，天子故乡。兵家必争，要塞险关。人杰地灵，商贾来往。明人提学杨言诗曰："秋风迢递晋阳田，遥望关山一雁前，西城未通元有地，北门深锁足扶天。"夏禹凿山疏洪，稳过舟船"系舟山"。雁门镇守，杨家将精忠报国；农民起义，李自成夺寨闯关。忻口战役，国共携手抗寇躯捐故国；百团大捷，静乐沙场战神身殉郊芳。尧舜禹莅临九原，文明之花从此开放。伟人毛泽东，路居岢岚城，朝登五台山，挥洒指处阴霾扫，忻州从此乾坤朗。

忻州之美，美在文坛。秀容英才，齐跻九原。巡抚徐继畬，文韬武略，《瀛寰志略》冠海内；御史萨都剌，雁门才俊，吟咏田园名宇环。秋夜梧桐，白朴放浪诉悲声，词采优美情谊浓；丹青墨舞，真主孤傲抒性情，"四宁四毋"书画妍。神童元遗山，淹贯经传，下太行，渡大河，为其山，追老杜，诗、文、词、曲均工，堪称"诗史"居首位；孝成班婕妤，履正修文，善诗赋，积美德，居贤淑，明伶俐，德、容、才、工皆具，世赞"才女"第一员。孙文秘书高君宇，火花宝剑，火花烧烬赵家楼，宝剑固守评梅情；爱国将军续范亭，护国抗日，护国征讨袁世凯，抗日剖腹凯歌旋。都督阎公，韬光养晦，保境安民。元帅向前，戎马倥偬，不失纪纲。浩气赤胆抗敌，鞠躬精粹为党。二人台演义淳朴民风；梆子剧唱响祥瑞康宁。名人名文，锤炼出忻州之品格；名家名辞，铸造出忻州之祯祥。

忻州之美，美在山水。吞云吐翠，秀水圣山。峨峨圣山，铸就历代雄杰；悠悠秀水，阅尽千年兴亡。五台山，礼佛圣教，亿年草甸，树木翁蔼，地质公园，荣膺世界文化之景观；芦芽山，骏奔来臻，万谷跌宕，怪石嶙峋，飞瀑迸溅，炫耀中华崇山之繁弦。九曲黄河，金波滚滚，文明之轫，隔不断痴情一片。一泻汾源，浩荡汤汤，草木之灵，衬映出俊秀之欢。滹沱之水，繁峙肇端。东流入海，地灿春阳。山倚水，水傍山，水抱山环。山倚水而奇峻，水傍山而浩瀚。洞之奇，有禹王洞，神话奇传。千奇百怪，别有"洞天"。关之险，有雁门关、宁武关、偏头关，关关奇峻，三关畿京，闻达霞灿。塔之盛，有大白塔、镇海塔、舍利塔、文殊塔，塔塔不同，众塔俊美，雕艺超然。

猗欤胜哉！今日之忻州，与日翱翔。经济腾飞，结思想道德之硕果；社会振兴，开文学艺术之繁昌。"七路四桥"道通人和直挂云帆；"五馆一院"政扬民顺浑然一网。麦香鱼跃，灵果馨香。靡不毕植，华实照灿。广场宽阔，草茵花艳。高楼比栉，水清天蓝。美哉壮哉，魅力忻州，脚踏实地创辉煌；创新忻州，醉书赋文吟理想。

颂曰：佛光普照兮，独占鳌头。灵山秀水兮，光耀九州。迈伦归善兮，青史长昭。奏响新曲兮，云天嘉猷。

碑集赋（并序）

墓碑者，竖石也，标识也。引棺入葬，墓旁竖之。始于周，兴于唐，南北各异。南以"丁兰尺"定十格，标吉凶取其吉；北以"鲁班尺"分两档，注阴阳取其利。树碑立传，彰显友善言行；刻石著文，光耀文化礼义。吾杨氏族人，书明、怀生、天亮，勿使今人饮食乐而忘人，惮怕先祖真善美而逾佚。将百余硐散碑博收成集。告之，作序以记。余伫中玄览，颐碑文情志。读碑而思纷，念祖以叹逝。窃有以得其用心，夫拙言造辞，难表其意。故作《碑集赋》以述先人之厚德。心凛凛以怀霜，志渺渺而临云。

宴罢讲故坟；耕闲读谱牒。盖闻天以日月为纲，地以四海为纪，族以仁厚为礼，人以忠孝为义，家以谱牒为基。水源木本承先泽，春露秋霜展孝思。始祖杨本聪明睿智，适逢洪武赶散，携妻黄氏迁徙。始发柏板，沿走黄河，路经娄烦，迁居岚邑。肇迁国开村以落足暂驻；后居白家庄以忘劬遐逝。从兹也，食葛盖茅，繁衍生息。艰难稼穑，笃志震器。吸天地自然之精气；纳阴阳不息之生机。家业景昌而田园资益；子孙兴旺而素性耿直。昂昂乎！八院勃兴，散叶开枝；威威乎！五庙环村，千祥云集。八大院衍支十三地；五座庙护佑廿三世。散叶开枝，三教九流遍布四面八方享福祉；千祥云集，六合八荒吞揽五湖四海展雄姿。

读碑文以知家族根脉；修碑集而承祖训遗风。乎人本乎祖，乎祖德厚相承；乎物本乎天，乎天性善修成。性善启于仁义礼智信；

德厚端于忠孝节行诚。修碑刻，谱系凿凿凭据，知先人苦雨酸风；梳支系，宗脉累累可考，兴杨姓宗睦联根。百硐碑，散于十三村礁硗之地；一脉系，集此廿三世人文之风。一硐碑乃为一族之谱牒，书铭文以是先辈之安祯。风餐露宿，好子孙勿忘淳朴，人才济济，为工为商，家业兴盛；箪食壶浆，众族人不尚浮华，心洁纯纯，为仕为农，务本躬耕。妙指弹五弦纵心物外，静心咏孔孟安知耻荣。

吾杨之氏族，其福绵也，其族旺也。

颂曰：原隰郁茂兮，百草滋荣。族裔绵延兮，华茂春松。时和气清兮，仅记司农。始祖庇佑兮，子孙昌隆。一族世系兮，齐心永春。金精妙质兮，五福与共。伯仲壎篪兮，汇归善众。丕振嘉猷兮，万派朝宗。情长笺短兮，草字不恭。愿我族人兮，世代昌荣。

乙未年癸月壬子日

桑榆之霞光
——读恩师赵国栋诗

　　丙申之年，仲春之月，与恩师赵国栋先生相聚于明墨轩。先生为吾高中之物理授业之师，别后四十余载，才得一见。"师生相见无须酒，品茶话语稠。"微风习习，品读诗词歌赋；旭日融融，叙谈柴米油盐。之余，先生赠诗集《心路》，又，将诗稿之《心泉》放置案头。慰之作序。三复斯文，令吾击节称叹。"蜂蝶纷纷过墙去，却疑春色在邻家。"先生毕生园丁，甘为人梯，传厚德之道，观宇宙之大，播载物之理，察品类之盛。不意桑榆之年，悠然转身，尽情翩跹诗词之地，稼穑耕耘。

　　曾记否，师公青春年华，从教岚县中学，横一心之痴绝；想当年，琴棋书体，崇尚丹青风雅，传文明于讲坛。其师之德，在于使智者达其理，仁者展其怀，贤者抒其志，勇者伸其气，桃李开芬芳，才俊满人间。拙笔词穷，写不尽恩师箴言哲语；春华秋实，道不完先生蕙质兰香。如斯夫，展才于瀚瀚教坛，一支粉笔书写人生答卷，使顽劣学子燃起希望之明灯；信矣哉，遨游在茫茫学海，三尺讲坛，描绘千秋夙愿，为蒙昧书生架通心灵之桥梁。而今，先生春秋古稀，笔耕不辍。无病不呻吟，有感发青苍。吐纳涌珠玑，拈来笔不凡。谈其诗而绮靡，品其人而浏亮。挥洒笔墨抒胸意，甘为诗文共翕张。

　　拜读诗稿，真情如炽，催人泪涌；掩卷沉思，撼人心魄，霞尚满天。灵魂溢光彩，诗稿分三篇：

　　《学友篇》——"嘤其鸣矣，求其友声。"忆同窗，情浓意气扬；

赞学友，花蕾一枝艳。其诗曰："一年一集不间断，诗文书画采众贤。老骥伏枥宏图志，壮心不已不怕难""岁月无情白发添，古稀老人喜开颜"。

《旅游篇》——七彩飞霞，华蔚河山。赏其景，听松沐吉祥；知其妙，骋目挺脊梁。其诗曰："奇峰险壑千幅画，鸟语花香诗竞发。三山五岳汇太行，巍峨天峡誉中华。"

《感言篇》——修己立德，智圆行方。品茶论道成清趣；吟诗作赋凝谪仙。其诗曰："七十秋韵鼓琴弦，人老勤力莫等闲。健康快乐心境好，'自信人生二百年'。"

先生行文运思，文采斐然。如渴骥奔泉，若彩虹璀璨。正如陆机《文赋》所咏："遵四时以叹逝，瞻万物而思纷；悲落叶于劲秋，喜柔条于芳春"。抱膝雅吟，悲喜感极即声韵；暖手敲字，诗书翰墨萃华章。

诗曰：

> 金声玉振抒才情，
> 诗词歌赋脱口生。
> 秀容明月恩师韵，
> 练达运思铸友声。

工疗奇村温泉赋

时维仲夏，盛暑福降。佳木葱茏，百鸟吟唱。欣逢丹青才俊，汇聚工人疗养院[①]。从兹也：举椽笔，畅享"水韵墨舞"之情愫；品文化，思怀人文之懿范。沐温泉，雅集书画之韵致；谈养生，萦回养怡之延年。乃为赋：

古城忻州，天造温泉，潺潺之水洪泽万物；新镇奇村，地出神汤，暖暖之泉俱臻百福。斯地也：背靠金银山[②]水含硫酸钙；襟抱双乳湖[③]汤成复合泉。水温高而恒传；存储丰而腾欢；含诸素[④]而繁昌；洗凝脂而祯祥。猗乃盛哉！亭台楼榭，煌煌奇观；生葩霞烂，熠熠乐园。芳草幽发，吸纳日月灵光；疏影和畅，浸滋天地春阳。名闻宇内，殊方跋涉游人鳞萃；驰誉海外，骏奔来臻俊赏徜徉。是以骚人墨客题咏赠联；鸿儒商旅驻足流连。

温泉沐浴，活血驱寒。香雾氤蒸，润色滋颜。春濯而阳固，固

---

① 工人疗养院，山西工人奇村温泉疗养院。

② 金银山，金山、银山。金山又名程侯山，位于忻州城北四十里处，为五台山支脉，主峰海拔 1279.6 米。银山又名白草山，位于忻州秦城村西，南高村东，北连金山，海拔 1128 米。据传此山有银矿，故叫银山。当地民间口言，忻州金山银山日出斗金斗银，后被南方人取走风水，洞门关闭，不出金银了。

③ 双乳湖，位于忻州城西赵家村之西，南营村以北。

④ 含诸素：奇村温泉为硫酸钙型，水质含有氡、硅酸盐等多种矿物质。

阳体壮；夏浴而体轻，轻体暄妍；冬泡而身暖，暖身无恙；夜沐而安神，神安梦香。盛矣哉！泡神汤，洗涤铅华了无事；顺自然，抛却杂念笙和弦。入汤池，水柔肌滑凭浮沉；出浴盆，体展筋舒任来往。"浴罢恍若肌骨换"，"解衣浴罢仍留连"。华清池①春寒赐浴，工疗院②水质超然。噫嘻！神汤百浴心高逾千仞；玉液一沐神爽振八荒。

温泉文化，源远流长，雅士歌之，世人咏唱。唐玄宗诗曰："桂殿与山连，兰汤涌自然。阴崖含秀色，温泉吐潺湲。绩为蠲邪著，功因养正宣。愿言将亿兆，同此共昌延"；乾隆咏温泉："炎液暄波能愈疾，曾闻泉脉出黄。化工神运不思议，功德应教证水王"；东汉张衡《温泉赋》云："六气淫错，有疾疠兮；温泉汩焉，以流秽兮；蠲除苛慝，服中正兮；熙哉帝载，保性命兮"；白驹过隙，星移斗转。诗词歌赋，言不尽玉液奇趣；丹青墨舞，道不完神汤延年。

温泉煦暖兮，世人俱欢。皓首回春兮，润肌生香。濯患洗尘兮，飘然若仙。

颂曰：正是月明沐浴时，恰逢夜静泡汤去。敢问祛疾何处是，工疗③神汤百病除。

---

① 华清池，亦名华清宫，位于陕西省西安市临潼区骊山北麓，华清池具有六千年温泉利用史和三千年的皇家园林建筑史。白居易《长恨歌》写道："春寒赐浴华清池，温泉水滑洗凝脂。"
② 工疗院：山西工人奇村温泉疗养院的简称。
③ 工疗：山西工人奇村温泉疗养院的简称。

盛农公司赋

　　洪荒宇宙，盘古开天。燧人取火，创烹饪之技，光照穹苍。伏羲结网，造捕牲之具，始见春光。神农尝草，育耕耘之种，造福八方。昔者三皇，为饮食耕种之发轫；今乃盛农，建聚散财资之粮仓。壮哉盛农！承古人，启来者。承古人盛农集团如腾踔之蛟龙；启来者盛农集团似翱翔之凤凰。今逢盛世，龙凤呈祥。旗下公司过百，儒家文化深厚，诚信至上；拥有员工五千，体育精神强盛，相得益彰。人耕绿野畴，嘉禾舞吉祥。小草欣领首，盛农呈辉煌。

　　有道是，晋商故里，人杰拥牛斗之灵秀，山高水长。君不见，晋中邑地，地灵引盛农以崛起，发愤图强。百舸争流，诚喜党恩阳光照耀；一马当先，赖有任君永青领航。问我盛农丰姿若何？仁者智者，得聚所张。走田间，旷野郁葱永成以长青，杨柳婆娑，金谷芬芳。创品牌，金农科技而雅望，正道人和，米粮满仓。兴地产，务饲养。搞屠宰，启工厂。履物流，倾热肠。造绿色，循有章。金粮金谷，奔富强饮食安居舒适高堂。滑雪滑冰，无寒暑运动健身昭彰。清风生，仁和百味口流香，白云遏，禽畜养殖日盛昌。

　　盛哉盛农！龙之传人志在富强。顺天而行，慨当以慷。合民之意，忧思不忘。产业多元，立足长远。种植、养殖、投资、基金，不断扩展。餐饮、贸易、屠宰、物流，列售珠玑。君且看：永成长青，地址李墕。粮油贸易，长足廪仓。收购、调运、储存、加工、销售，业绩日臻俱涨。正大、嘉吉、中粮、中储、扬翔，合作融洽无间。为盛而农昌，盛农光耀英雄地；因金而粮丰，金粮科技风云天。

信哉盛农！金粮农业，科技联翩。千门森启，万亩袤延。养鸡星布，萃美兹乡。从田间，到餐桌，华中第一盛宴。集种植，培养殖，雏育航空母舰。养殖厉行，孜孜矻矻；行业大振，矞矞皇皇。东社村，云竹食品蛋液绽秀；禹家寨，金骏种禽雏凤翱翔。金朱金尚，饱蘸日月精华之卓立；金璞金硕，尽吸天地灵气以辉煌。创品牌兮适养源。天造地设兮风物蕴藏。

美哉盛农！呼风雷动山河壮，金厦地产福泽一方。规划、建筑、园林、安居乐业待扬鞭；广告、媒体、院校、高歌一曲唱大江。岁寒三友，破蕊怒放。直面潮头，笑傲风霜。山川形胜，童叟安详。物阜南北，春驻城乡。长风乘波浪，顾地合股而觉爽；青云不坠志，上市股份以犹欢。大漠英雄会，引进达喀尔以赛事；越野成e族，奏响阿拉善之梦想。竞技娱乐，闪烁星光赛场，得其乐哉；探险沙漠，亮剑英雄榜，鸿鹄高翔。寄情亚洲之长河；志逐百强以巨浪。唯美德五湖四海山川添锦绣；承尧舜天南地北日月写昂扬。

歌曰：

高山景行兮，仁和永青，凤凰涅槃兮，百味流光。

乐山乐水兮，金厦生韵，金菊傲霜兮，金谷泰昌。

放歌永青凌云志，一篇赋罢染穹苍。

科技创业谱正道，盛农惠民期百强。

同学赋

——献给山西大学中文系 76 级甲班同学

是岁六月之望，与荣立同学相聚太原，其念同窗之谊，集影像一册，谓之，撰《同学赋》，以作怀念。余欣然。尽览影像，思纷万千。情似精鹜之仞；心若炜烁以煊。援笔投篇，惕惕怵怵，写不尽砚席情契怀霜；刮肠收辞，恍恍惚惚，道不完同窗金石兰香。翻影集，宛若画卷；念同窗，笔短情长。赋曰：

月皎日煌，山雄河荡。山河呈锦绣，寄一束情契；日月在飞转，托一片思念。同窗三载，逝水流年。千百日同席，考究屈子《问天》，子厚《天说》合文道；四十载聚散，慨叹孟德短歌，太白斗酒诵诗篇。

遥想当年，吾辈风华正茂无遗爱；入学山大，我等壮志冲天有余翮。红色推荐，工农兵学员高唱阳春白雪，实乃凤毛鳞角；曲径通幽，商企政学子低吟下里巴人，甚是车载斗量。只有粗茶淡汤，素菜窝头之裹腹；虽无温淳甘脆，醒酿肥厚之游燕。却能形于金石，纡曲四方。图书馆翻阅典籍；教室内挑灯钻研。观古今于须臾，念天地之悠然。纵横驰骋，穷搜《八索》和《九丘》；上下求索，遍阅《三坟》与《五典》。幻想海市蜃楼，品读中外之名著，问苍天哪是尽头？以求脚踏实地，善习古今之圣贤，主沉浮我辈济然。朗朗间，读《史记》，学《论语》，书海茫茫，淘尽泥沙漾清流；冥冥中，习辞赋，写春秋，烟涛霭霭，穿过蒙昧见曙光。凛凛乎，同窗紫气高北斗；渺渺乎，云汉光华射穹苍。唯其痴，我同窗，办《春蕾》，练文笔，饱蘸日月之精华，写下美妙文章；学雷锋，修水渠，勤炼身，尽吸天地之灵气，纵览旷世先贤。诗词歌赋，文体演唱，无不幽韵奇香，无不晓日草暖。唯其美，我砚台，出墙报，赶帮学，各抒豪情花怒放。剪一幅雷锋像贴门窗，无私奉献道德藏，画一张雪梅图在墙报，绚烂彩霞映满天。烈风飞雪之冬，学得逸仙挥毫歌浩荡；雷霆霹雳之夏，懂得毛公指点写江山；草长莺飞之春，体会沛公抒怀云飞扬。浊酒一杯，试论英雄是与非，琵琶一曲，抒尽豪情唱四方。

噫唏哉！三年同窗，戮力同心学业成；德满艺高，融入社会口碑赞。商旅经贸、文教卫生、企业民营，万千行业，有我同窗奇才展。宛若兮阳鱼腾跃，奋翼振鳞，蛟龙翻江而滂渤，仿佛兮雄鹰展翅，高歌陈唱，搏击风浪之翱翔。领导者，高处能胜寒，扬帆领航；经商者，造福在山川，声名远扬；公检法司者，不辱使命维治安；文教卫生者，口吐莲花留余香。……美哉壮哉！光华何有？星海灿烂。农工商学，各展浩唐。天道酬勤，自古始然。通望乎东海，秉意乎南山。诚必不悔，洒练五藏。千里奔骏，云蒸霞焕。行行之佼，华章之灿。彩云扈扈，若繁辰拱斗之辉连；言笑晏晏，犹弄玉鸣凤之声喧。

弹指间，往事烟霞游；旅途中，如今花甲年。铅华已退，丰韵仍绵。母校风骨，砚台之传。风流倜傥者，已是爷爷姥爷，环肥燕瘦者，成为奶奶姥娘。儿孙绕膝，颐养天年。晚照夕阳天红半，沧桑岁月恨无常。丹青风雅，尤擅梅兰。操琴临风，斜阳唱晚；抚笛叹月，子孙草芳。歌曰：

寝寐梦想兮，君颜在旁。观影去处兮，情契难忘。烂耀明月兮，以成精光。抟芬思念兮，荃兰郁香。

公证赋

盘古开天，日月呈辉煌；尧舜置先，善恶肇分显。衡权树公，子产铸刑书；重律循礼，李悝著法典。泱泱华夏，百草滋荣，明法律而知礼仪；浩浩法路，千年淘沙，沿《法经》而成长廊。国依法而治兮金精妙质；民以矩行方兮辨慧能言。

真实而证，历史绵长。避疑忌猜，中见开端。气霁地表，凝榭尘芳。历朝变法，法制领航。文明瑰宝，光耀宇寰。抚今追昔，春秋已入史诗；仰天浩歌，律证更似丹阳。

改革开放，国泰民安。和谐社会，公证在先。和谐乃社会之理想秩序，公证是民众之依托乐园。昂昂乎！公证立法，龙腾吟于泽潭；巍巍乎！时和气清，菊散芳在山岚。升清质之悠悠，举澄辉而煌煌。瞻民生以思纷，颐情志以典章。分善恶，辨真伪，是为和谐之使者；防纠纷，晓事理，贵在公信之立章。遗嘱、继承，所证己出，不惑视听，瞳眬弥鲜。委托、声明，以实而证，毋逐馋邪，芳润群言。合同、赠与，篆刻公平，昭晰互进，诚信彰显。学历、亲属之审，开国门之路；证据保全之鉴，举诉讼之剑。真实、合法，夯实公信之基飞春色；廉洁、高效，打牢证据之实尽开颜。立信、守信，锤炼公证人之品格；依法、执法，铸造公证人之刚强。盛矣哉！经济金融，阳春以弄彩；国企民营，红暾而暄妍。喜民心之谐契，庆国运之繁昌。佳木葱茏，百姓维权举证；重葩霞灿，公证不失纪纲。感公证之恩德；佑民众以保全。吁嗟乎！鞠躬尽瘁诠释法律以忠魂；防微杜渐关爱人文之祯祥。做服务，贮玉蕴贝；搞沟通，消冰除霜。执监督，芳丛春满；为公平，萃美兹乡。凛凛乎正气高北斗；微微乎公平冲云汉。栉风沐雨公行天下，秣马厉兵证走八方。多元性、网络化，沟通且包容；儒释道、亚非拉，多彩而灿烂。

公证何如，执着理想。抽琴命操，出色当行。法律护善良，展自我绘文明之蓝图；公证铸法魂，为他人营礼仪之景愿。做笔录之妙指，知荣辱之所言。阴阳和合，公证撰准确史志；昼夜更替，公证写和谐诗篇。书不尽公证所奏和谐恢弘之乐曲；道不完公证谱写稳定美妙之春光。

颂曰：

蓝天白云布长虹；和风细雨鸣天籁。播种真实扫雾霾，操守公平兴云霭。无妒无猜兮，气血通泰。顺水顺舟兮，春暖花开。诚信行方兮，依法仲裁。行为有度兮，斩关夺隘。做事有据兮，百川归海。政通人和兮，冬去春来。

愿我公证直挂云帆济沧海！
愿我公证乘风破浪兴未艾！

2015 年 9 月 12 日

徽元公证赋（并序）

　　时序蕤宾，岁在丙申。正值佳木葱茏之际，吾泰和公证处侪辈十一人，凭航合肥南征。遂践学习之意，成此取经之行。入魂牵梦绕之境，受徽元公证人之礼，得晓龙主任传道之情。所见所闻，似进翠山画屏，心旷神怡；盛况盛景，如入芝兰室中，蒙惠诚深。徽元人因循法而昌，正气吞霄汉；公证人因诚信而兴，声誉满寰瀛。噫嘻！目断合肥云，徽元经验尽收来；心醉逍遥津，英雄脉脉传精神。喜哉！歌哉！

　　淮右襟喉拥庐州；江南唇齿接中原。文脉流徽，物本乃元。知法循礼，徽元恒昌。巢湖碧波平戾气；徽元流芳沐祯祥。猗欤盛哉！此际徽元公证处：熠熠庐州之跃起；煌煌合肥之大观。沐包龙图之凛然正气，清廉执法；秉吴太祖以宽仁雅信，遐迩频传。修己立身，劈波斩浪。雨露惠泽，公证领航。几十载法制绸缪，孜孜矻矻；数百项公证服务，乔乔皇皇。红暾朗朗照九州，公证凛凛誉八方。

　　《公证法》之实施兮，徽元腾踔，势若鹰扬。凝心聚力，行业已成楷模；携手并肩，服务不失纪纲。进社区，建窗口，想百姓甘苦，绿色服务春阳地灿；走出去，请进来，纳五湖良友，交流学习重葩霞光。高端运行渐入佳境；新型升级稳步拓展。软件语言，保全证据之尝试；安存信息，公证为民以名彰。经济金融，求真实而护航；知识产权，重证据以保全。宣词振振，现场监督以昭公正；诵律声声，出证有据而重预防。标准化、信息化，为商贾之利薮；多元性、规范性,作间阎以乐园。真实合法,夯实公信之基飞春色;廉洁高效,打牢证据之实尽开颜。立信守信,锤炼徽元人之品格;依法执法,铸造公证人之刚强。踔厉公证真实,聚集山花烂漫。胸有法律好卫士,腹容公正誉八方。徽元理想似玉贝,新意迭出如涌泉。

歌曰:

放飞梦想兮,沐祯祥。展望未来兮,创辉煌。自强不息兮,谱华章。惠民利民兮,聚万邦。

里约奥运中国健儿赋

夫奥运者，古今有别，始于希腊，尊神之王宙斯，于前776年立节以庆，约四年一举，历时十六天。今之奥运，始自1896年，顾拜旦首倡，沿古定名—奥林匹克赛，四载轮赛，五洲雀起。里约奥运，已期卅一届，中国运动健儿三百余名，逐鹿里约。感其壮，叹其威，遂作斯赋。

曰：

里约奥运，五环同畴。唯我健儿，雄狮抖擞。三百名中国健儿，如大鹏展翅，壮志丹心振华夏；卅一届里约奥运，似巨龙腾飞，建树安邦制鸿猷。奥运路，生锦绣，圆梦惠风畅；朱濠台，施佳作，典雅雯华久。

威哉！运动团队，科元立军威在首；奕世载德，飞廉紫微诗文厚。壮哉！运动健儿，嘉余永庆，艺高品洁精华秀；弈霖渊数，康健彬彬斥鑫逍。跳水台，得麒斌蔚夺彩头。泳馆内，碧水沕穆雪儿游。斯于哉！清静瑶草香，玉宇航行舟。方切蕴欣怡，蕃衍含良友。薇圆慧中，兆尘芃苁缤纷呈；玥成子贝，兴逸轩车梦红楼。雨涵杨柳集鸣鸠；舒展妙婧琳花笑。细雨菲菲芳草馨予；和瑟愔愔函雅欣酬。广源冉冉顺水流，子傲雨婷水中游。鱼跃滢潆领潮流，燕贺新湘一望收。敏尔之生，泽涛唱响"信天游"；美晨铃铎，战旗猎猎写春秋。弓开如满月，箭去似星流。碧水青山是玉红，尔曹慧箭神鬼愁。奥运相聚佳欣士，浩瀚宇寰任尔游。

宇宙无止境，田径无尽头。灵降兆才俊，德辉耀文秀。婷婷高阳玉无痕；琦琦晓兴龙在吼。和平崛起，新世纪之博凯；奥运精神，小静恒超之宇宙。看我水娇姿，曼曼棋峙柔。想我慧君颜，回斡永丽授。为国建伟业兮，高歌陈扬；郁彬欣悦兮，泽林常洲。玲玲蔚蓊有华姿；星星强志无所求。镇定彪炳添嘉男；文骏斌硕高北斗。绿茵赛场多布杰，标枪长锐快捷走。春雨过后有雪痕，杨洋舒秀芝兰幽。

　　羽毛球晋级强，自行车逍遥游。平安祯祥福满楼，谦逊建国华天寿。草香芸，蕾成花，宝芳天使海峰头；天难谌，龙有昊，永波渊淳一揽收。击剑玮奇走天路，马术丰铠去悠悠。飚驰来去疾，育仪涵霄九。东风徐徐晨路启，林丹灿灿不停留。赢赢洋洋松楠影，彤管洪炜雪芮绸。刀光击剑钟灵秀，浩海威伟安琪厚。春雷声声仗剑飞，云龙腾腾向斗牛。拳击斗身强强强，体操超毅走走走。

　　文君戏海萍青悦，玉强耀日炜煌羞。倩笑娇鞏逢冬艳，志明刚毅孜孜求。好梦露晨，晓玲深处藏家玮；美玉洁斌照清流。军花咏诗赋，一文慧林愁。传宜庆建关不住，圣亚莉花在前头。浩气超群伟岸俊，洪臣晓旭呈锦绣。殿语华金杰壮士，海燕搏击荡九州。

　　吟诗颖精百米赛，跳高震业上层楼。会会入梦茜裙新，卡卡彩虹耀寰球。峥嵘耸立姣小红，切阳什姐尽刚柔。口令微起链球飞，铁饼新艳上霄九。培萌仁学绍青裔，振东玉成再回首。一弛一张越王霜，睿智杰雅沙场手。苍苍杉杉丰月影，丽丽姗姗娇容羞。果茹殷殷，小宁带队高尔夫；洪星闪闪，雷军指挥曲棍球。深林希好兰草香，穷昊桐孙千重九。忆琳之技，华茂春松佳薪妍；书弟之技，成龙超毅超攀手。紫霞美玉德娇娇，秋霞梦雨尤浩有。碧玉雕成金荣琼，笙箫雪飘佳琦友。山清龄岚佳佳气，河红侠士隐隐求。

柔道一曲颂凤山，英俊霞飞彩煌煌。水浙慧质英楠香，事端斌蔚开群芳。观景伟岸飞鸿燕，日出海峰殊四方。静莉晓莉以灵群，铁鑫纯鑫以成刚。玉宇微风之文仪，馨月韦伟以韶光。赛音吉日嘎拉威，甜满景滨四海扬。澄碧全海赛帆船，晓丽珠润水汤汤。茉莉佳花景深藏，臧军佩娜奏铿锵。

友爱忱忱射击场，志刚磊磊杨浩然。梦雪智伟开局面，靖婧文珺思玲芳。丽颖启南富升强，琪峰越宏萌萌扬。捷报声波逸飞传，惠子程路浩歌壮。

乒乓球场咏诗雯，令辉国梁挺脊梁。得晓农耕，晓霞昕阳。壮哉国威，继科青苍。跃马龙飞乒坛冠，自古东丁宁静远。跆拳将帅，兴邦兵强。静钰龙天下，丽姝音绕梁。帅帅蔷薇花，赛赛毓一璠。胜败皆常事，高山森萃翰。铁人二项以伟壮，莲嫒红叶以书香。饱蘸彩笔绘清丽，奋发全拳真良方。

天籁和鸣，女排昭彰。文斌豪迈，郎平擎苍。秋月云丽日，心钥方旭长。惠若琪琪兮，斐然明珠；霞晓彤彤兮，灿若星光。苍鹰翔宇宙，深林莉花藏。妮子清灵姝常宁，娉婷枝上殢春光。

邓氏薇芜俊馨香，智勇力冠山林狂。明哲心涛钟天性，雅君志慧力进强。小军儿郎剑出鞘，夺艳梅花傲严霜。利军铁血效古事，清泉沁脾酽流觞。

亚楠练跤技，凤柳道沧桑。路敏耿耿，志伟凛凛；胜峰莘莘，雪纯当当。威仪棣棣，丽蕊飞飞；斌风徐徐，卡泰强强。摔跤凭技艺，堪称美学之化身。跤技蕴力气，诚为中国之脊梁。修建明礼之舒克念，亚洲雄风之鹜八方。

承继红跳台，一跃凯歌还。兰蕙瑕英，慧敏霞明双姿美；若琳光鲜，荷廷懋清尔其昌。魁艾森芒茜香浓，典雅杰俊水波缘。溢馨枰谋万世功，玲俐梦妮成昕光。家玮珍文雁飞笑，雪辰晓璐顿挫扬。若夫雅婷薇薇，子涵欢欢。杨珺在溧，世界歆艳。梅笑寒林，冠男敦瀚。乾坤婧女，冬伦趣茫。

噫吁嚱，水陆善真思瑶池；原野芙蓉想敬楠。暖语晴和华雯娜；耀晔玲琅在丹阳。艺术体操放光芒，蹦床跳跃磊栋梁。沙滩排球凝烟雨，小园搏击势不凡。

仰慕豪情梦兰成，篮球扣杀易建联。晓川哲林承继伟。加时高颂永志芳。雨宸雨航壮鹏飞，梦然梦昕任徜徉。晓佳珊珊黄红玭，根琦婷婷绿白兰。雨露雯华迪思静，楠林艾伦映旭冉。

壮哉！中国团队，河汉璀璨，运动健儿，环宇星光。问鼎奥运，感天地之有情；进军里约，叹健儿之铿锵。色仿五环，红黄蓝绿黑，九陌辐辏；五位一体，欧亚非澳美，八方呈祥。情寄奥运精神之长河，志感奥运精神之巨浪。

雪赋（并序）

乙未初冬，余春秋五十有八，应卯忻州公证，卅余载磋砣岁序，浮游法界。虽无旷远之志仍无忘情，且存耿介之气而勿怠懈。秉宇宙之迥环，接天地之精华。一介弱植，窃以金石自诩，独处清淡，享受品茗光阴。不屈于流行之俗，仅守忠孝之本。于时冬日，天降瑞雪，漫步陌上桑间观雪之美矣，极目旷野盈虚所感之深矣。因作《雪赋》。

夫冬临九域，寒生四极。掩日韬霞，雨雪交集。解宇宙之炎热，升人间之寒气。冬寒柳岸无多绿，雪里梅花扑鼻香。凝视衰条成一色，凌风旷野写华章。淡荡冬雪显皓洁之奇，交错散漫呈凝曜之势。联翩飞洒装点万顷林立浮浮，氛氲萧瑟扮着千岩俱素弈弈。野树无花变成花，岁月无情终为璧。瑶阶角妙，婍容乃理。琼树夺鲜，洁缟归仪。行行踏雪声，步步雪花丽。苍苍几重色，隐隐路人稀。好景多感怀，心畅有期冀。皓首老夫心纯如雪，读书谱而修身，品淡茶思良知。泊恬淡而无欲，积德延而守一。人生犹如雪纷糅多，好利宛若霰渐沥集。风停雪静，阴昧其知。风停雪静无道富豪随风去，阴昧其知寡廉贪腐无形跡。小人悲切怀功名，君子扶遥九万里。诚信需用情，无欲守纲纪。华莲烂于渌沼，柏叶翠乎雪积。

歌曰：

取乐载歌兮明墨轩，
赏玩白雪兮耀春阳。
值物赋象兮心皓然，
守贞守白兮福天降。

囊括俗礼，焕耀重光（并序）

　　"道德仁义，非礼不成；教训正俗，非礼不备；分争辨讼，非礼不决；君臣、上下、父子、兄弟非礼不定；宦学事师，非礼不亲……鹦鹉能言，不离飞鸟；猩猩能言，不离禽兽；今人而无礼，虽能言，不亦禽兽之心乎。"此乃《曲礼》之言也。荀况《礼论》曰："礼有三本：天地者，生之本也；先祖者，类之本也；君师者，治之本也"；又曰："上事天，下事地，尊先祖而隆君师，是礼之三本也"。圣贤推崇礼以教化，千年衍变而成礼法。天地变乎？四时不忒，古今不易。圣人守其不变，以履其变。友人彭杰编撰《岚县丧葬习俗》，将岚县丧葬习俗收集成册，望教化之后学，期守礼以德行。茶余一晤，谓吾作序。拜读其稿，忐忑不安。难哉！难于巍峨，难于博大，难于精华，难于礼法。吾何德何能，予之以序？无奈，将读典之所得，慰以代序。

　　彭杰者，姓王氏，岚县人也。幼而聪慧，品学皆彰。率性温直，智圆行方。以金融立身，行走于吕梁大地；以收藏怡情，问情乎天地自然。涉湍攀岗，观古碑，足见其风骚；忘寝案牍，研县志，尽现其韶光。勤收藏之所勤，彰本职之所彰。好心好人好事，任劳任怨任忙。与其相识，纯属偶然。聊侃中，知其读诗书诵古通今；品茗时，识其爱收藏专攻专擅。探周礼以穷理，明习俗而神全。穷收丧葬之礼仪，修编撰竹以成篇。井干之楼，筑于一木；九层之台，兴于坯土。贤者彭杰，十年消得习俗丧葬；积学始成，一书写就蓄德嘉言。信矣哉，读"三礼"，阅典籍，找俗礼之依据；如斯夫，问老者，访贤者，寻俗礼之来源。相如作赋，志在凌云；伯牙鼓琴，山高水长。陶令清风，潜心于采菊；彭杰集礼，乐志于四方。传礼仪，化冥顽，非泥蠡之测海，非井蛙之窥天，辨明晦，通仁道，非无稽之滑谈，非钓誉之装腔。知礼者，长怀戒尺；遵礼者，长处中央；教化有序，循礼有章；梅绽嫣红，兰放幽香；竹舞流霞，菊傲严霜。实属此公之初衷，确为此公之心愿。

读《岚县丧葬习俗》，知我秀容，积厚流泽，敬祖有章；翻阅《周礼》《仪礼》《礼记》，知我岚县，习俗依礼，源远流长。天地苍苍，岁月茫茫。生者以寿，依礼修德而为养；死者以葬，遥祭则敬得威望。"经礼三百，曲礼三千"，人之出，礼仪生。行礼为劝尚德服务，繁文缛节极尽其然。定亲疏，决嫌疑，别同异，明是非，尊崇礼义；或祭祀，或朝聘，或婚冠，或丧葬，依礼隆昌。

夫丧礼，士君以葬，为道其融栋梁，百姓以葬，成俗而有方圆。文明古国，习俗纷繁。唯有岚县，习俗有章。入殓、停灵、沐浴、嚠体、烧纸、停瑜、明死生之义；齐衰、苴杖、居庐、食粥、席薪、枕块，思慕未忘。口含钱、倒头饭、引魂幡、供家祭呈祭者悒诡唈僾之哀思；长明灯、麻辫服、供家祭、迎戚祭尽忠臣孝子之臻善。几筵、馈荐、告祝以成礼节志意思慕；卜筮、视日、修涂为之忠信传承家族兴旺。贤者彭德，将百姓习俗尽括以囊，俗礼成册，将民间礼仪焕耀重光。

哀夫！敬夫！事死者如事生矣，送以哀敬。思乎！敬乎，事亡如事存焉，礼节阙然。

子夏曰："地得水而柔，水得地而流。"逝焉不息，润物而泽焉。人乃万物之灵，生死渺茫，弹指一殊，瞬息百变。得礼而有妙道，失礼而无阴阳。若无礼不得则若禽兽，礼得则甚雅以传扬。今人循礼，异于古人。去其君臣尊卑，去其繁文缛节，存自然之敬，向他人之尊，养社会之善，留文化以怀。从俭存德，赠人以香。送以哀敬，而终周藏。美哉！《岚县丧葬习俗》融调家族之兴旺。壮哉！《岚县丧葬习俗》重现孔孟之荣光。

诗曰：

忠信文貌送哀敬，志意思慕祭祖情。
彭杰有心得礼度，习俗成书共传承。

2017 年 4 月 19 日于忻州

平仄有声庆姻缘

己亥阳春，三月令旦。贤内彩莲之外甥女海燕与女婿利东为其女史雨归宁合卺。清风徐徐，丽日朗朗。设宴泛华，属客举觞。亲朋齐聚，纷彼赠兰。不乏文人贤士以楹联志贺：秀容风月，诵琴瑟之句；点染红妆，歌窈窕之章。是故：宝烛烟光生紫气，琼筵馥郁溢和祥。喜联平仄看心足，著意鸳鸯醉墨芒。事后焉。外甥女与女婿，发感激之心，沉醉于词章勋业；展贤士之韵，乐道于楹联馨香。摭婚联八十以成雅集。嘱余作序。惶惶呼，笔短情长。其辞曰：

天地鸿开，万物发祥。良缘凤缔，嘉吉远扬。斯夫，史雨貌美。琵琶一曲沉鱼落雁；奕岩才高，提笔独唱鸟语花香。冰斧伐成旖旎，红丝系就姻缘。才子扬眉带笑，娇女桂馥芬芳。海燕蕙质兰心，育娇女，登乐坛以毓秀；利东心性善和，得快婿，筑家园于翱翔。

浩浩神州，联史洋洋。先秦发轫，兴盛大唐。词章曲赋，风行帝王。孟頫书题元世祖，对联天子朱元璋。介甫捡联抱娇妻，解缙题联以流芳。羲之春联三失窃，小妹七字苦君郎。东坡留对嘱后辈，悬挂联对成风尚。文人学士，呕心勤撰，生生不已，名家辈出有遗篇。才子佳人，笑谈风华，酒令联句共举觞。美哉！楹联之美，含哲理精辟警策；抒情致淋漓畅酣。婚联一脉，展华夏之文字；伴侣百世，蕴真情之铿锵。

海燕、利东，甘爽久长。夫唱妇随，倾心倾囊。俱汉字之神韵，祝爱女之福缘。出于心，动于情，聚亲招友赫赫；悟其神，明其理，情真意切煌煌。用国学一脉增雅韵；以平仄两行庆婚典。真乃：流我中华血脉，发其虎步龙骧。是故：德合书史花自丽，海阔奕奕；坤厚烟雨紫气东，燕舞岩岩。去日婚宴，安得佳肴锦鲤双；今朝集联，方有名士展华章。

诗曰：

奕星闪烁降嘉福，
岩上白云永相逐。
史笔一支皆锦茵，
雨中百合有青竹。

2019 年 7 月 23 日

后记

　　1979年山西大学中文系毕业后，我一直从事法律工作。在忻州市公证处演绎我平凡的人生。对于格律诗词，深爱之。闲暇之余乐此不疲在平平仄仄的声律之中。诗词在中华文化灿烂的星空中，是一颗璀璨的明星，它传承着古老的文化，彰显着传统文化独有的魅力。它启发心智，滋养心灵，丰富精神，陶冶人格，成为我生活工作中的一部分。

　　本书共四辑，诗131首，词69阕，赋14篇，记录了我在工作生活中所思所想，或美景，或思慕，或悲欢，或抱负……由于大都是即兴赋得，所以，很遗憾大部分诗词赋没有具体写作时间和地点。出版此书的目的只是想启发我的后人能走进诗词美丽清新的世界，感受传统格律诗词的抑扬顿挫之美，体验诗情人生。

　　本书得以顺利出版，非常感谢山西大学同窗乔全生、何其山、原荣立等同学和老乡程志宏书法家的支持和帮助。乔全生同学现为山西大学文学院教授、汉语言文学专业学科带头人、博士生导师，他为本书作序并助力出版；何其山同学曾任中共山西省委办公厅直属机关党委书记，山西作家协会会员，为本书题名（《秀容撷翠》）并赋诗贺本书付梓；原荣立同学曾任山西林业杂志社主编，为本书初稿进行了详尽的审阅；老乡程志宏，岚县人，中国书法家协会会员，"兰亭七子"之一，为本书题写书名。同时，非常感谢我的第一读者和修改者，那就是我的爱妻靳彩莲同学。非常感谢忻州市泰和公证处主任赵改荣女士，她倾心相助完成了我所有诗稿的修改、打印和存档工作。没有同学、夫人和同事们的支持和帮助，我是没有信心完成本书的。"友情是花，愈开愈美"，以七律《交契》一首表达我的感谢之情：

故友相逢无寂寥，今生牵手胜春朝。

金兰管鲍诚相待，胶漆求羊上碧霄。

绝唱伯牙成曲水，有情王质送同僚。

人言交契无童叟，何必相知先见遥。